세 살배기 남편
그래도 사랑해

세 살배기 남편
그래도 사랑해

배윤주 지음

동국대학교 경주한방병원 병원장 황민섭

어느 날 사랑하는 사람이 당신을 알아보지 못한다면, 그리고 더 이상 내 손으로 돌볼 수 없다면…. 100세 시대가 현실화되면서 치매는 이제 누구도 예외일 수 없는, 노년의 두려운 불청객이 되었다. 사실, 치매는 가족이 함께 앓는 병이다. 아니 가족이 더 아픈 병이다.

이 책은 치매를 앓는 남편을 간병하면서 겪게 된 일상의 여러 일들을 통해, 치매라는 난치병을 자연스럽게 받아들이고 담담하게 대처하는 법을 깨우쳐 준다. 치매를 앓고 있는 많은 환자분들과 그 가족들 그리고 그들과 어울려 살아가기 위해 손을 내미는 분들에게 이 책을 권한다.

제17대 국회의원, 경북대학교 제13대, 제14대 총장 박찬석

작가는 경북대학교 사범대학 지리학과를 졸업하고 동대학원에서 박사학위를 취득한 나의 제자다. 나는 지도교수로서 재능을 인정하며 해외유학을 권유했으나 결혼한 후여서 가정형편상 유학을 가지 않겠다고 했다.

경제력이 탄탄한 집으로 시집을 갔으나 그녀에게 불운이 찾아왔다. 승승장구하던 남편 사업도 부도가 나서 오랫동안 헤어져 지내기도 했고, 남편과 다시 합류하고 난 뒤에도 행복한 삶은 잠깐이었다. 뜻밖에도 남편의 행동이 이상해지더니 젊은 나이에 치매판정을 받은 것이다. 마이다스는 만지는 것마다 황금으로 변하게 한다는데 그녀에게는 닥치는 것마다 불운이었다.

치매가 어떤 병인지를 우리는 잘 안다. 죽는 것보다 못하다고 하는 병이다. 누구든지, 죽어도 치매로 죽기는 싫다는 병이다. 아직도 완벽한 예방과 효율적인 치료약은 없다. 치매는 운명이고 10년 내에 가족도 알아보지 못하는 상태에서 죽는다. 치매에 관한 숱한 이야기는 소설로, 일화로도 회자되고 있다.

그러나 직접 글로 쓴 체험담은 적다. 그녀는 젊어서 치매에 걸린 남편을 돌보며 겪은 애환을 글로 담아냈다. 이건 소설이 아니고 실화다. 주변에서는 누구나 그녀가 귀족처럼 행복하게 살아갈 것이라고 예상했지만, 운명은 그녀를 나락으로 밀어 넣었다. 그럼에도 그녀는 좌절하지 않고 소명으로 받아들이며 최선을 다해 남편을 돌보며 사랑했다.

지도교수인 내 집으로 찾아올 때에도 치매에 걸린 남편을 데리고 왔다. 친구에게라도 감추고 싶은 일이 자기의 치부이고 불운이다. 그러나 그녀는 치매에 걸린 남편과 생활하고 있는 자신을 자랑스럽게 생각하지도 않았지만 부끄럽게 여기지도 않았고 무엇보다 떳떳했다. 내가 손님 접대로 내놓은 과일을 치매 남편은 스스로 먹지 못하고 아내가 먹여줘야 겨우 먹는 모습을 보는 내가 오히려 당혹스러웠다. 어떻게 그 당당하던 사람이 이렇게 변할 수 있단 말인가?

사람은 오랜 고통을 어떻게 극복하느냐에 따라서 성인이 되기도 하고 악마가 되기도 한다. 기적은 천사가 하늘에서 내려와 집행하는 행위가 아니라 평범한 일상 속에서 일어난다. 행운이든 불행이든 지나가기 마련이다.

출판사가 결정돼 책을 낸다고 했다. 치매환자인 남편을 간병하면서 겪은 아픈 이야기이다. 전문 작가도 아니고, 가공하고 윤색한 글도 아니다. 진솔한 이야기를 작은 목소리로 말 하고 있다. 아픔과 회한을 1/10도 토해내지 못했다고 생각한다.

그녀는 가장 사랑했고 의지했던 남편이 타인이 되어가고 짐이 되어 가는 과정을 그리고 있다.

인생은 설계한 대로 가는 것이 아니다. 그녀의 삶은 그녀의 설계도와는 너무나도 달랐지만 이제 모든 고통과 회한은 지나갔다. 그녀는 경북대학교에서 정년퇴직을 했으며, 지금도 가난한 마음으로 환자를 간병하는 봉사활동을 하고 있다. 작은 아파트에서 글을 쓰고 그림을 그리고 숲을 산책하며 산다고 했다.

한 인간의 이야기이다.

전 단국공업고등학교장 오석무

　우리나라는 이미 고령화 사회로 진입했다. 노령인구의 증가와 더불어 치매환자들 또한 가파르게 증가하면서 치매에 대한 걱정 또한 높아지고 있다. 치매는 가족에게 절망과 슬픔을 주며, 육체적 정신적 황폐를 가져온다.

　이 책은 치매에 걸린 남편을 간호하고 최선을 다해 돌보던 친구의 아내가 남편을 간병하며 겪었던 이야기다.

　치매와 관련된 모든 분들이 이 책을 통해 환자를 돌보는 데 도움을 얻고 위안 또한 얻는 기회가 되길 바란다.

전 대구MBC 기술국장, 전 대구MBC 미디컴 사장 전익상

    작가의 남편은 내 절친한 벗이자 바르고 따뜻한 가슴으로 훌륭히 주어진 삶을 살아낸, 이 사회의 존경과 배려를 받을 만한 충분한 자격을 갖춘 사람이었다.

    그런 친구가 치매라는 생각지도 못했던 병마로 그 찬란한 인격을 서서히 잃어갈 때, 작가는 아내로서 그의 곁을 묵묵히, 외로이, 절실하게 지켜냈다. 그 노고와 헌신에 친구의 한 사람으로서 진심어린 감사와 존경의 마음을 전한다.

    이 책은 평범한 한 주부가 잔인한 병마와 외로이 싸워온 전기戰記이자, 사랑했던 남편을 떠나보내는 마지막 연서戀書이자, 치매라는 질병에 대한 이 사회의 적극적인 관심을 끌어내고자 하는 호소呼訴이다.

    이 책을 통해 치매가 더 이상 남의 일이 아니며, 치매가 어떤 병인지 제대로 인식할 수 있는 정보를 얻고 더불어, 가정의 소중한 가치를 함께 느껴보는 기회가 될 수 있을 것이다.

남편의 고장 난 시계

6년 전부터 남편의 시계는 고장이 나서 거꾸로 가기 시작했다. 벤자민의 시계와는 반대로.

그날을 잊을 수가 없다. 마침 선거 때문에 임시공휴일이어서 예약을 해둔 신경과 의원을 갔었다. 한 시간 정도 진단을 하고 나서 의사가 남편과 함께 나를 불렀다. 예감이 불길했다.

의사는 남편이 또래 나이에 비해 기억력이 매우 많이 떨어져 있다면서 방사선과에 가서 MRI를 찍어오라고 했다. 불길한 예감은 언제나 맞아 떨어지는 것이던가? 방사선과 담당의사가 정상적인 사진과 비교하며 보여주는 남편의 MRI 사진은 확연히 달랐다. 뇌의 크기가 많이 줄어 있었다.

뇌 사진을 본 신경과 의사는 아무래도 알츠하이머 치매로 의심된다는 진단을 내렸고 약을 써보자고 하면서 그나마 빨리 발견해 다행이라며 위로했다.

"젊은 나이에는 이런 병을 의심해서 병원을 찾아오는 게 쉽지 않고, 더구나 가족들은 사실 자체를 인정하지 않으려 해요."

나도 다르지 않았다. 남편이 치매라는 사실을 받아들일 수가 없었다. 사진으로 확인을 했음에도 사실을 인정할 수가 없었다. 이제 겨우 60인데… 다들 이제 인생 시작이라고 말하는 그 60살이 되었을 뿐인데…. 눈앞이 캄캄했다. 하늘이 무너졌다.

그러나 정작 남편은 자신이 어떤 상황에 놓였다는 걸 아는지 모르는지 아무런 말이 없었다.

근래 남편의 행동이 좀 이상하다는 생각을 했었다. 무심코 남편이 운영하고 있던 모텔 CCTV를 보다가 이상하다는 느낌이 들었던 것이다.

남편은 일하는 아주머니가 방 청소를 하고 난 뒤 청소 상태를 확인하는데, 2층을 확인한 남편이 3층으로 올라가 확인을 하고는 다시 2층으로 내려와 방을 확인하고, 다시 3층으로 올라가는 모습이 찍혀 있었다.

이상한 생각이 들어서 남편에게 이유를 물었더니 그는 당황하는 표정으로 운동을 하느라 그랬다고 얼버무렸다.

하루는 직장에서 퇴근해 모텔로 돌아오자, 대구에서 열리는 전국체전에 참가한 충남 사이클 팀이 투숙했다고 했다. 하루 숙박비 7만 원에 룸 7개를 5일 동안 사용하기로 했으며 아직 결제는 하지 않았다고 한다. 왜 하지 않았느냐고 물었더니 남편은 내가 오면 하려고 했다면서 눈치를 본다.

"당신, 대학 나온 거 맞아?" 그때 나는 치매가 진행되고 있다는 걸 조금도 생각해보지 못하고 그저 화를 내면서 넘어갔는데, 이미 남편의 뇌는 조금씩 정상적인 기능을 잃고 있었던 것이다.

병원에 다녀온 이후 정기적으로 검사를 하면서 약을 복용하고 있지만 남편이 조금씩 어린아이가 되어가는 것만은 막을 수가 없었다. 그리고 그는 내 곁을 떠나갔다. 세 살배기 천사로 내 곁을 맴돌던 남편, 나만 보면 웃고 장난치던 그는 이제 내 곁에 없다.

이제 그가 떠나간 뒤 나 홀로 지낸 14일이라는 시간, 그가 이렇게 빨리 내 곁을 떠나리라고는 상상도 하지 못했던 나는 세상에 홀로 남겨진 것만 같았다.

알츠하이머 치매환자는 평균 6~13년을 투병하다가 사망한다고 한다. 남편은 치매 판정을 받은 지 아직 6년밖에 되지 않았다. 우리에게 남은 시간이 아직은 많이 남았다고 생각했다. 그래서 새집으로 이사하면 남편을 다시 집으로 데려와 재미있게 살려고 했는데… 병상에 남겨둔 채 이사를 한 집으로 남편은 유골이 되어 왔다가 수목장으로 갔다.

치매는 70대 이상 노인층에서 흔하게 발병하지만 뇌의 변화는 치매로 진단되기 20년 전부터 시작된다고 한다. 남편도 1995년 공장이 부도나면서 극심한 충격을 받았었는데, 2012년 말 치매로 의심된다는 진단을 받았으니 거의 17년이 지나서야 치매로 나타난 게 아닌가 싶다.

처음엔 그저 정상에 비해 지적 수준이 떨어지는 행동을 하거나 일상생활을 하는 데 조금 어려움을 겪는 정도다. 그러나 치매는 이런 것이라고 단정지을 수 없을 정도로 사람마다 나타나는 양상이 다르다. 그래서 치매환자를 돌볼 때 공통적으로 적용할 수 있는 방법도 없다.

내 남편은 뇌세포 퇴행에 따른 알츠하이머성 치매였다. 특히 언어장애와 함께 시·공간 인지기능이 두드러지게 떨어졌다.

치매도 결국은 암처럼 두려운 병이면서도 주변 사람들은 암보다 더 힘든 상황을 견뎌야 할 수도 있다. 다행이라면 내가 남편이 치매라는 걸 알게 된 때는 내가 정년퇴직을 1년 앞둔 시점이었고, 그래서 온힘을 다해 남편을 보살필 수 있었다는 것이다.

나는 남편이 치매에 걸렸다는 걸 주변 사람들에게 솔직하게 털어놓고 도움을 요청했다. 매일 한 시간씩 손을 잡고 산책하고, 전보다 더 자주 가족들과 외식을 하거나 나들이를 했다. 남편 친구들의 도움을 받아가며 가끔씩 여행을 떠나기도 했다. 어디를 다녀왔는지 남편은 기억하지 못했다. 아니 다녀왔다는 사실조차 기억하지 못했다.

하지만 그 순간만은 행복하게 웃었다. 그런 모습을 보면서 나와 가족 그리고 친구들도 행복해 했다. 그를 돌보는 과정을 통해서 사랑과 겸손을 배웠고, 끝까지 그를 돌보리라고 다짐도 했다. 남편은 금방 기억을 잃지만 그 순간만큼은 행복을 느끼고, 사랑을 느끼고, 아내에 대한 믿음도 가지고 있는 것 같았다.

한국도 이제는 고령사회다. 65세 이상 인구 비중이 14.3%나 된다. 고령인구가 늘어나면서 치매환자도 함께 늘어난다. 결국 치매의 문제는 선진국들이 풀어야 할 공통적인 난제이기도 하다.

전체 치매환자의 75%를 차지하는 알츠하이머성 치매환자는 현재 미국 540만 명, 일본 525만 명, 한국에서도 76만 4천 명으로 65세 이상 인구의 10.3%나 된다. 전 세계적으로 4,400만 명에 달하며, 68초마다 우리 중 누군가는 치매의 덫에 걸린다. 우리나라에서도 12분에 한 명씩 치매환자가 발생하고 있다. 증가 속도가 매우 빠르고, 이는 관련 진료비의 증가로 직결된다. 장차

건강보험 재정에도 큰 부담이 될 거라고 본다.

중앙치매센터의 자료에 의하면, 치매유병자 중에서 69%는 치료를 받고 있고, 나머지 31%인 22만여 명은 자신이 치매에 걸렸는지도 모르거나 알아도 적절한 진단이나 치료 없이 방치되고 있다. 치매에 걸려 진료를 받은 환자는 8년 후 20%만 요양시설로 가지만 치료를 받지 않은 환자는 8년 후 90%가 요양시설로 간다는 통계도 있다. 치매도 조기진단과 꾸준한 진료로 병의 진행속도를 늦출 수 있는 것이다.

최근 중앙치매센터와 한국갤럽이 진행한 치매인식도 조사에 따르면 65세 이상 노인뿐 아니라 50대 중장년층에서도 치매가 암이나 뇌졸중보다 더욱 두려운 질환이라고 대답했다. 80세 이상 노인 4명 중 1명이, 65세 이상 노인 10명 중 1명이 치매환자다. 이제는 노인들만의 걱정거리가 아니라 가깝게는 내 부모님, 조금 더 멀리 보면 바로 나 자신의 일이기도 하다.

내 남편과 같은 65세 미만 젊은 치매(초로기 치매)환자도 2만여 명이나 된다. 이는 전체 치매환자의 4%에 해당한다. 초로기 치매는 노인성 치매보다 더 빠르게 진행되므로 더 두렵다. 남편은 진단 후 6년 만에 사망했다.

늦어도 중년부터는 보험이라 생각하고, 뇌를 건강하게 하는 생활습관을 통해 예방을 하는 게 최선이다. 콜레스테롤 수치나

혈압, 혈당 수치에 관심을 갖는 것처럼 인지능력 변화에도 주의를 기울여야 한다.

혹 치매에 걸리더라도 숨기려 하지 말고 겁을 먹지도 말아야 한다. 치매환자라고, 치매환자를 돌보는 가족이라고 해서 항상 불행하지는 않다. 우리 가족처럼 남편이 치매에 걸리면서 오히려 가족 사이에 사랑이 더 깊어지고 우애가 더 돈독해질 수도 있다. 비록 불치병이고 시간이 지날수록 상태가 나빠지기는 하지만 한순간 한순간 인간으로서의 존엄과 행복을 느끼며 살 수 있도록 도와야 한다.

치매에 걸린 환자는 여자가 남자보다 2배나 많지만, 나는 젊은 남자 치매환자를 돌보며 겪었던 소소한 일상에 대해 가감 없이 전달함으로써 지금도 치매환자들을 돌보고 있거나 그런 상황에 놓일 수도 있는 이들에게 도움을 주고 남은 시간을 행복하게 보낼 수 있도록 경험들을 나누고 싶었다.

그동안 세 살배기 남편과 함께 지내왔던 6년이라는 시간을 되돌아본다. 파노라마처럼 펼쳐지는 그 시간들을 어떻게 글로 다 표현할 수 있을까. 5년이라는 시간 동안 '예쁜치매'로 지냈던 소소하지만 소중한 일상들, 갑작스레 나타난 공격성으로 인해 고통스러웠던 8개월간의 요양원생활, 폐렴으로 입원했던 마지막

한 달을 나름 생생하게 기록했다.

이 책이 76만 치매환자를 돌보는 250만 가족들이 꼭 읽어보면서 공감하며 위로가 되었으면 좋겠다. 그리고 치매국가책임제를 부르짖고 있는 복지 관련 공직자들이 치매환자와 가족들이 얼마나 힘들게 생활하는지를 알기 위해서라도 이 책을 읽어보기를 권한다. 또한 의사, 간호사, 간호조무사, 요양보호사, 간병사와 사회복지사 등 치매 관련 전문가들도 이 책을 한번쯤 읽어보면서 환자들을 돌보는 일에 도움이 됐으면 좋겠다. 그리고 가장 두려운 병이 치매라고 알고 있는 젊은 사람들도 우리 모두의 이야기가 될 수 있다는 생각을 가지고 반드시 한 번쯤 읽어보았으면 싶다.

마지막으로 주위의 많은 치매환자들과 가족들에게 관심을 가져주기를 바라며, 우리의 이야기를 담은 이 책을 먼저 떠난 나의 사랑하는 남편에게 바친다.

2019년 7월 배윤주

나는야 박사 요양보호사

남편을 위한 선택들

창살 없는 감옥

낙엽 따라 가버린 사람

세 살배기 남편의
실종

남편은 운동을 하는 도중에
조금이라도 위험한 상황이 되면 서툰 말투로
"큰일 난다."고 하면서
나를 길 안쪽으로 끌어당긴다.
자동차가 지나가도,
가파른 길 끝에서도… 정말 멋진 신사다.

2박 3일 실종사건

　퇴직 후 인생 2막을 준비하면서 자격증을 몇 개 땄다. 처음 준비한 건 한국어 교육전문가 과정을 수료한 것이다. 라오스로 가서 2년 정도 한국어를 가르치고 싶었다. 하지만 나는 라오스로 봉사활동을 떠나려 했던 꿈을 접어야 했다. 퇴직을 2년 앞두었을 때 남편이 60세라는 젊은 나이에 알츠하이머성 치매진단을 받았기 때문이었다.

　결국 애초 세웠던 계획을 접어야 했고, 오로지 남편을 돌보는 일로 하루하루 살얼음판을 걷게 되었다. 그나마 직장생활을 하며 야간대학원에서 공부한 사회복지와 요양보호사 자격증이 남편을 돌보는 데 많은 도움이 된다.

　어느 날, 남편 친구로부터 전화가 왔다. 일요일에 남편과 함께 가창으로 산행을 가려고 하는데, 괜찮겠냐고. 가끔 함께 산행을 가곤 했던 사이였다. 그러라고 했다.

일요일 아침, 남편은 표현을 하지는 못했지만 가기 싫다는 의지가 역력했다. 남편은 늘 어린아이마냥 내 뒤만 졸졸 따라다녔고, 내가 눈에 보이지 않으면 불안해했다.

하지만 추석을 며칠 앞두고 있어서 나도 해야 할 일이 많았다. 그리고 집에 있어봐야 심심하기만 할 것 같아 남편을 달랬다.

친구가 차를 가지고 와서 남편을 데리고 간 뒤 나는 전날 팔공산 자락에서 살고 있는 동생네서 가져온 야채를 다듬었고, 오후에는 깻잎김치와 장아찌를 담갔고, 겨우내 먹을 고추를 썰어놓느라 바빴다. 양이 많아서 손이 아리고 팔도 아팠다.

배가 고파 밖을 내다보니 벌써 어둑해지고 있었다. 그제야 남편 생각이 났다. 어째서 지금까지 돌아오지 않았는지 걱정이 돼 남편 친구에게 전화를 걸었다. 아, 벌써 세 시간 전에 아파트 앞에 내려주었다고 했다.

순간적으로 큰일이 벌어졌다는 생각에 등골이 서늘했다.

시계를 보니 벌써 7시 반이다. 세 시간이나 지났다면 남편은 어디로 갔을까? 보통은 집 앞에 도착했다고 전화가 오면 내가 내려가 데려오곤 했는데, 어떤 이유 때문인지 그 친구 분은 전화를 하지 않았고, 나 또한 집안일을 하느라 이렇게까지 시간이 흘러간 걸 모르고 있었다.

사고는 늘 이런 식으로 일어난다. 무심코 방심하다가 큰일이 일어난 뒤에야 허둥지둥하는 것이다.

곧장 112에 실종신고를 하고는 성당에 간 둘째아들에게도 전화를 했다. 경비실로 가보니 일요일이어서 경비아저씨도 없었다. 관리실로 달려가 CCTV를 확인해보니 5시경 한 손에 검은 비닐봉투를 들고 아파트 정문을 나가는 남편 모습이 보였다. 집도 모르고 현관문을 열 줄도 몰라 이곳저곳 돌아다니다가 다시 정문으로 나간 것 같았다.

차를 타고 일단 아파트 주변을 둘러보기 시작했다. 한 시간이 넘도록 찾았지만 남편은 그림자조차 보이지 않았다. 아들의 친구들까지 다들 차를 가져와 찾았지만 헛수고였다.

사방은 이미 어둠이 짙게 내려 있었다. 아직은 가을이었지만 밤이 되자 날씨도 추워졌다. 이 일을 어찌 해야 하나… 자꾸 눈물만 솟았다. 가기 싫어하는 사람 억지로 등을 떠밀어 보낸 게 후회스러워 미칠 것만 같았다. 흔하게 보이는 치매노인을 찾는다는 현수막이 남 일이 아니었다.

더 늦기 전에 큰 시동생에게도 전화를 했다. 아들과 함께 거실에 앉아 넋을 잃고 있는데, 갑자기 건물이 심하게 흔들렸다. 예고도 없이 찾아온 지진이 찰나의 공포를 남겨두고 지나갔다. 내가 교실에서 가르치던 지진이 아파트를 흔들었지만 남편 걱정에 더 이상 아무런 느낌이 없었다. 어떤 두려움이 크면 그보다 작은 두려움은 느끼지 못하는 법이다.

다시 집을 나서 신천 둔치로 향했다. 저녁을 먹은 뒤에 거의 매일 손을 잡고 산책을 했던 곳이었다. 자주 가는 곳이니 자신도 모르게 그곳으로 간 것은 아닐까 싶었다. 남편은 보이지 않았다.

아들은 친구들을 풀어 차를 타고 다니며 수색범위를 넓혀 남편을 찾았고, 나는 남편 대학동기회 총무에게 전화를 걸어 협조를 구했다. 대구 각지에 흩어져 사는 친구들이 혹시라도 보게 되면 연락을 해달라고. 남편이 다니던 주간보호센터에도 전화를 걸어 사정을 설명했다. 아무래도 이런 일에 대해 나보다는 더 많은 정보를 가지고 있을 것 같았다. 주간보호센터에서는, 치매환자들은 대개 앞만 보고 직진만 하는 특성이 있다고 조언하시고는 곧장 달려오셨다.

이제 시간은 자정을 지나고 있었다. 치안센터에서 아무런 연락도 없는 대신 이곳저곳에서 친구들이며 지인들이 전화를 걸어왔다. 어떻게 해서 실종이 되었느냐, 미리 좀 대비를 해놓지 그랬느냐, 이름표를 달아주지 그랬느냐, 팔찌를 해 두지, 목걸이를 하지 등 아무런 보탬도 되지 않으면서 똑같은 대답만 해야 하는 질책이 섞인 전화들이었다. 오히려 짜증만 났다. 나는 또 죄 없는 치안센터에 자꾸 전화를 걸어 다그쳤다. 신고가 들어온 게 없느냐고.

밤은 점점 깊어가고 이제는 비까지 내렸다. 춥고 비까지 오는 밤에 도대체 남편은 어디서 무얼 하고 있을까? 얼마나 힘들고 두렵고 불안할까? 미칠 것 같았다.

날이 밝으면 출근을 해야 할 아들 친구들을 새벽 1시가 넘어 집으로 보낸 뒤 나는 두꺼운 옷을 겹쳐 입고 차를 몰고 다니면서 아들과 함께 주변부터 시작해 다시 꼼꼼히 찾아보기 시작했다. 혹시라도 비를 피해 건물 처마 끝에 앉아 졸고 있지는 않은지 건물 모퉁이까지 꼼꼼히 훑었다.

어제 오후 4시에 라면을 먹은 뒤로는 물 한 방울 마시지 못했을 텐데 얼마나 목이 마르고 배가 고프고 추울까. 말이라도 할 줄 알면 물이라도 얻어 마시련만… 차라리 먹을 걸 훔치기라도 하면 주인이 경찰에 신고라도 할 텐데…. 속절없이 시간은 흘렀고 흘러가는 시간만큼 절망도 깊어 갔다. 사람이 이렇게 해서 미치는 건가 싶었다.

하는 수 없이 새벽 세 시가 넘어 일단 집으로 돌아왔다. 아들에게는 눈을 좀 붙이라고 말한 뒤 전화를 기다리며 뜬눈으로 밤을 지새웠다. 별별 생각들이 머릿속을 오락가락 어지러웠다.

실종 이튿날, 아들은 휴가를 낸 다음 CCTV에 찍힌 남편 사진을 가지고 전단지를 만들러 가고, 나는 시동생과 다시 시가지를 구석구석 누비고 다녔다. 수시로 치안센터에 독촉전화를 했지만 그들은 앵무새처럼 조금만 더 기다려보자는 말뿐이었다. 움직이는 데 육체적으로 큰 문제가 없는 치매환자는 아무도 관심을 가져주지 않을 뿐더러 사람들은 실종된 치매환자라는 사실 자체를 인지하지 못한다. 그러니 경찰서에 신고전화가 들어가지도 않고, 환자가 길거리를 헤매다가 지쳐 쓰러지게 되면 신고가 들어올 거라는 설명이었다. 기가 막힐 노릇이다.

그렇게 또 하루가 갔다.

아들이 만들어온 전단지를 집 주변부터 뿌리기 시작했다. 점심때쯤 친구가 찾아와 밥을 먹으러 가자고 했다 이틀을 굶었지만 배가 고픈지도 몰랐다. 친구에게 이끌려서 억지로 밥을 입에 넣었다. 아무것도 느껴지지 않았다. 그저 멍한 느낌이었다.

그때였다. 전화가 걸려왔고, 한 여자 목소리가 천둥처럼 울려 퍼졌다.

"언니, 형부 찾았어요!"

그제 위로를 해 주고자 찾아왔었던 남편 친구의 아내였다. 기적이었다. 아무리 찾아 헤매도 흔적조차 보이지 않던 남편이 어릴 적 살았던 동네 대로변에서 친구 아내와 맞닥뜨렸다는 것이다. 꿈만 같았다.

곧장 데리고 오겠다는 말을 듣고 나는 수저를 놓고 집으로 돌아왔다. 곧 이어 친구의 차가 도착했다. 차문이 열리고 남편이 내렸다. 마음이 놓이고 기뻐서 안았지만 남편은 아무런 반응이 없었다. 이미 기진맥진한 남편은 다른 사람이 되어 있었다.

일단 집으로 데리고 들어가 물을 조금 먹이고 안아주며 안심시켰다. 냄새가 코를 찔렀다. 이틀 동안 대소변을 가리지 못해 엉망이었다.

욕실로 데려가 깨끗하게 목욕을 시킨 뒤 이불을 펴고 뉘었다. 남편은 곧장 깊은 잠속으로 떨어졌다.

눈물이 왈칵 쏟아졌다. 고맙고 행복했다. 찾을 수 있어서.

지금도 남편이 어디서 어떻게 이틀 밤낮을 보냈는지는 알 수 없다. 말을 할 수 없으니 아무것도 설명해 주지 못한다. 짐작해 볼 수 있는 건 그저 길을 잃었다는 불안감과 세상에 홀로 내동댕이쳐진 것 같은 절망감, 그리고 공포였다.

내 남편은 지금 세 살배기다. 5년 전부터 남편의 나이는 거꾸로 가고 있다. 실종사건이 있은 후, 남편은 상태가 더욱 나빠져서 이젠 가족들을 잘 알아보지 못한다. 나를 보고도 가끔 기분이 좋을 때면 엄마라고 부르고, 화가 나면 인상을 쓰며 밀쳐버린다.

그렇게 모든 걸 내게 의존하면서 살아가고 있다. 실종되기 전에 비하면 하루하루가 더 힘들어졌지만 남편이 실종되었을 때의 두려움과 절망을 생각하면 그가 내 곁에 있다는 것 하나만으로도 감사한다. 이대로만 내 곁에 머물러 달라고 기도하면서….

실종 후의 트라우마

　남편에게 길을 잃고 헤매다니던 절망적인 시간은 엄청난 트라우마로 남았겠지만 그건 내게도 마찬가지였다. 남편이 실종되면서 느꼈던 절망과 불안, 두려움으로부터 나는 오래 동안 벗어나지 못했다.

　한해에만 1만 명이 넘는 치매환자들이 실종된다. 그리고 100명 정도는 집으로 돌아오지 못하고 밖에서 헤매다니다가 숨진 채 발견되기도 한다.

　이웃 노인국가인 일본에선 한해에 16,000명이나 실종된다고 한다. 겨울에는 실종되고 사망하기까지 채 하루가 걸리지 않는 경우도 많다고 한다.

　치매환자들에게 나타나는 석양증후군이라는 게 있다. 저녁 무렵이면 집에 가야 한다며 가방을 챙기는 치매노인도 있고, 군불을 때러 가야 한다며 나가려는 치매노인도 있다. 그럴 때 보호자들은 저녁을 먹고 가자고 달래거나 주의를 다른 곳으로 돌리기 위해 애써 화제를 바꾼다.

체력이 약한 고령자들이 외투도 제대로 입지 않고 혹은 잠옷 바람으로 나가 헤매다니다가 탈진해 쓰러지기도 하고 외진 도로에서 교통사고를 당하는 경우도 있다.

내 남편도 얇은 점퍼만 입은 채 실종되었더랬는데, 그 첫 날 밤에는 비가 내리고 기온이 많이 떨어져서 밤새도록 애를 태웠던 기억을 잊을 수 없다.

경찰이 국회에 제출한 자료에서도 매년 치매환자의 실종사건이 증가하고 있다. 실종자 대부분은 몇 시간 이내에 가족 품으로 돌아갔지만 숨을 거둔 채로 발견되거나 교통사고로 숨진 경우도 사나흘에 한 명 꼴로 나온다고 하니 치매환자의 실종은 더 이상 남 일이 아니다.

그나마 나는 다행스럽게도 3일 만에 남편을 찾을 수 있었다. 나는 감사한 마음으로 또다시 그런 끔찍한 일이 일어나지 않도록 마음을 다잡으며 남편을 케어 하기 시작했다.

물론 경찰서에는 지문등록도 해 두었고, 남편의 겉옷 포켓에는 가족들의 연락처를 크게 메모하고 코팅해 넣어두었다. 보건소에서 만든 치매환자용 실링도 옷에 다림질해 붙여 놓았다. 또 배회감지기도 구입해 시계라고 설명하면서 손목에 채워주었다.

상대방이 전화를 하면 감지기에서 벨소리가 난다.

하지만 남편은 전화를 받지 못한다. 몇 번 신호를 보내도 받지 않으면 자동으로 전화를 건 사람의 폰에 남편이 현재 머물고 있는 장소가 전송된다.

하지만 문제는 남편이 이 감지기를 손목에서 자꾸 풀어버린다는 것이다. 다른 건 잘 못하는데 이 감지기를 풀어버리는 일은 기가 막히게 잘한다. 아마도 손목에 뭔가를 차고 있는 게 불편한 듯싶었다. 목걸이를 해서 걸어주기도 해봤지만 그것 또한 자꾸 벗어버린다. 그래서 어쩔 수 없이 주간보호센터에 갈 때는 감지기를 집에 두고, 나와 함께 외출을 하거나 운동하러 갈 때만 감지기를 손목에 차고 나가곤 한다.

남편은 눈에 띄게 겁이 많아졌다. 집안에서도 내 뒤만 졸졸 따라다닌다. 내가 눈에 보이지 않으면 불안해서 어쩔 줄 모른다. 어떤 때는 화장실에 갈 때도 문을 열어 두고 "나 여기 있어요." 하고 남편을 안심시키며 볼 일을 본다.

남편은 당뇨약도 먹고 있다. 그래서 매일 주간보호센터에 갔다 오면 바로 아파트 앞 산자락으로 걷기운동을 나간다. 우린 금슬 좋은 부부처럼, 아니 실제로 금슬도 좋아서 어디서건 손을 꼭 잡고 다닌다. 그런데 남편은 운동을 하는 도중에 조금이라도 위험한 상황이 되면 서툰 말투로 "큰일 난다."고 하면서 나를 길 안

쪽으로 끌어당긴다. 자동차가 지나가도, 가파른 길 끝에서도… 정말 멋진 신사다. 그러면 나는 "고마워 우리 신랑!" 하고 다시 손을 흔들며 걸어간다. 어떤 때는 같이 손을 잡고 가다가도 나를 찾는다. 아마도 손을 잡고 가는 걸 잊고 나를 찾는 것 같다.

또 밤이 되면 행동이 둔해지고 어둠을 두려워한다. 그래서 우리는 밤이 되면 일체 외출을 삼가고 집에서만 생활한다. 예전에는 추위도 별로 타지 않았는데 이제는 추위를 엄청 탄다. 초겨울부터 내의를 입혀 주었다.

실내에서만 겨울을 보내자니 아파트가 좁게 느껴지기 시작했다. 더구나 이 아파트로 이사를 온 후로 집안에 나쁜 일이 연달아 생겨서 이사를 생각하기 시작했다.

이사를 오고 두 달 만에 손아래 큰동서가 61세의 나이에 폐암 투병한 지 4년 만에 세상을 떠났고, 다음해엔 남편이 실종되었다가 3일 만에 기적같이 집으로 돌아왔고, 그 후 두 달도 채 되지 않아 막내동서가 57세라는 젊은 나이에 뇌출혈로 수술 후 한 달 만에 사망했다.

우리 집안에 이런 기가 막힌 우환이 일어나기 시작한 건 시아버님이 돌아가시면서부터였다. 아버님은 1994년에 세상을 떠나셨는데, 이듬해 남편의 사업이 부도나면서 평온하고 행복했던 집안에 폭풍우가 몰아치기 시작했다. 그 많던 재산은 다 어디른가 날아가 버리고 문득 돌아보니 나는 엘리트 빈민이 되어 있었다.

처음 2년은 남편 친구의 집에서 살았다. 그 후 대학 은사님의 배려로 퇴직한 은사님의 교수 촌 주택에서 10년 동안 집 걱정 없이 시어머님을 모시고 두 아들을 키우며 살 수 있었다. 그래서 나는 아직도 스승의 날이면 남편과 함께 연로하신 교수님을 뵈러 진주까지 내려가곤 했다. 교수님이 좀 정정하셨을 때는 전화를 해서 "선생님, 내일 내려가서 뵐 게요."라고 하면 "배 선생, 먼데 뭐 할라고 내려오노." 하시더니 이젠 "운전 조심해서 내려오너라." 하신다.

우리 집에 대해 잘 알고 있는 남편 친구들은 아버님의 묘가 좀 잘못된 게 아니냐고 수군거렸다. 어머님이 풍수를 보는 분을 모시고 다니며 선택하신 자리에 모셨고, 축대를 쌓고 잔디를 병풍처럼 둘러 멀리서 봐도 고관대작의 묘처럼 눈에 띄어서 겉보기로는 별 문제가 없었다.

하지만 집안에 우환이 자꾸 일어나자 가족들은 아버님 묘를 이장하기로 하고 여기 저기 묘지 자리를 보러 다녔다. 그러다가 남편 친구가 아내를 수목장으로 모시는 걸 보고는 우리 가족도 그렇게 의견을 모았다.

가족들도 모두 좋다고 한 곳은 100년 가까이 되는 소나무 2

그루였다. 우리는 그 소나무를 사서 가족묘지로 하기로 결정했고, 먼저 아버님의 묘를 이장했다. 그리고 큰 동서와 작은 동서도 이곳으로 왔다.

묘를 이장한 것처럼 나는 살고 있던 집도 옮기고 싶었다. 괜히 이 집이 싫어졌다. 같은 아파트단지 내에 매물로 나온 1층이 없는지 부동산에 알아보았다. 마침 좀 평수가 넓은 1층 아파트가 있어 바로 계약하고 이사를 했다.

물론 남편은 우리가 이사했다는 걸 잘 모른다. 내가 "이게 우리 집이야. 넓고 좋지? 여기서 우리 운동도 하면서 잘 살자?" 라고 하면 그제야 "좋다!" 라고 하면서 웃는다.

그리고 내 뒤를 따라 이 방 저 방 다녀본다. 1층이어서 실내 사이클을 타도 아래층 신경 쓸 일이 없고 엘리베이터를 타지 않고도 밖으로 나갈 수 있어 치매환자를 돌보기에는 좋은 것 같다.

겨울이라 야외활동은 거의 하지 못하고 주간보호센터에서 집으로 돌아오면 저녁시간은 실내에서 보낸다. 헬스자전거에 올라탈 때 좀 도와주기만 하면 텔레비전을 보면서 30분 정도는 운동을 곧잘 하는데, 내려오는 건 혼자서도 할 수 있어 가끔은 금방 내려오기도 한다.

이제는 주간보호센터에서도 가끔 배변 실수가 일어나기 시작했다. 시간을 맞춰 화장실에 데려가면 거의 실수를 하지 않았는데 실종사건이 있었던 이후부터는 화장실에 가는 걸 싫어한다고 했다. 그러다가 한 번씩 실수를 해서 팬티기저귀를 차고 검은 비닐봉지에 속옷을 싸서 가지고 왔다.

하지만 자신이 기저귀를 입은 것조차 모르고 부끄러운 것도 모른다. 나는 집에 오면 무조건 기저귀를 벗기고 변기에 앉혀서 변을 보게 하고 팬티로 갈아입힌다. 기저귀를 오래 차고 있으면 사타구니가 검게 변색되고 냄새도 나고 피부병이 생기는데, 병원에서는 곰팡이가 원인이라며 연고와 먹는 약을 처방해 주었다. 한 달쯤 치료를 했더니 상처는 나았다.

시간이 지나면서 자다가 깜짝깜짝 놀라 깨는 횟수도 줄었다. 같은 침대에서 자다 보니 놀라서 깰 때마다 토닥토닥 두드려주며 집이라고 안심시키곤 해야 다시 잠을 잤다. 덕분에 잠을 설치던 나도 이제는 좀 잠을 잘 수 있게 되었다.

긴 겨울이 지나면서 남편의 기억에서도 실종되었던 날들에 대한 트라우마가 조금씩 사라지고 있는 것 같았다. 예전처럼 사람들을 만나면 좋아하고 잘 웃고 잘 먹고 잘 자게 되었다. 이런 평화로움이 깨어지지 않기를, 또 이런 상태로라도 더 나빠지지 않고 살아갈 수 있기를 언제나 마음속으로 빌었다.

익숙한 것들과의
이별

사소한 징후가 치매 발병을 알려주는 신호다.
하지만 그때도 나는 아마
남편이 운전 중에
우연히 가스차단 버튼을 눌렀을 것이라고 생각했을 뿐
그냥 지나쳐 버렸던 것이다.

백마 탄 왕자님

남편과 나는 초등학교 동기동창으로, 대학시절 초등학교 동창회모임에서 다시 만나 사랑에 빠졌다. 그때 그는 백마를 타고 나타난 왕자님이었다.(물론 내 눈에만 그랬겠지만)

하지만 이제 그는 더 이상 내가 사랑했던 그 멋진 백마 탄 왕자님이 아니다. 마치 해바라기가 태양을 따라 고개를 돌리는 것처럼 내 뒤만 졸졸 따라다니는 세 살배기 아들이다.

그래도 나는 그런 그를 아끼고 사랑한다. 기쁠 때나 슬플 때나 성할 때나 아플 때나 함께 하자고 약속했던 사람이었다. 그리고 이제 그는 나를 남겨두고 먼저 저 세상으로 가버렸다.

내가 다녔던 초등학교는 세계에서 가장 학생 수가 많은 학교였을 것이다. 한 학년에 13반에서 20반까지 있었고, 한 학급당 80여 명의 학생들로 북적거렸다. 초대형 학교다.

1960년대 초반이니 모든 게 부족했던 시절이었다. 교실이 턱없이 부족해서 3부제 수업을 했다. 한 교실에서 아침반, 중간반, 오후반으로 나뉘어 일주일씩 돌아가며 수업을 했는데, 중간반은 11시에 수업을 시작했다. 그때는 시계도 귀한 시절이어서 중간반이 되면 아예 대부분의 학생들이 아침부터 등교해 운동장에서 놀다가 11시에 수업을 하고 2시에 집으로 가곤 했다.

책걸상은 당연히 미개발국 오지 학교에서나 볼 수 있는 그런 것들이었다. 긴 책상에 4명씩 앉아서 책상에 줄을 그어놓고 서로 넘어오지 말라고 짝궁과 다투곤 했다. 지금과는 달리 남자와 여자가 서로 반이 달라서 남녀간의 문제에 대해서는 거의 아는 게 없던 시절이었다. 당연히 남편과 나는 같은 학교 동창이었어도 서로에 대해 모르고 지냈다.

당시엔 대학에 진학하는 학생들이 많지 않았다. 그 많은 학생들 중에서 대학에 진학하는 학생은 열에 둘 셋 정도였고, 그나마 여대생은 전체 대학생 중에서 10% 정도에 불과했다.

남편과 나는 초등학교 동창회 모임에서 다시 만났다. 15명 정도 참석했던 동창회에서 여학생은 몇 되지 않아 그야말로 시선 집중이었는데, 그때 나는 한강 이남에서 최고 명문으로 꼽히던 경북대학 사범대학에 다니고 있었고, 남편은 서울에 있는 단국대를 다니고 있었다.

1차 모임을 끝낸 우리는 동촌유원지로 자리를 옮겼다. 유원지는 많은 사람들로 번잡했지만 오랜만에 만난 친구들이었던지라 즐거운 시간을 보내고 있었는데, 그런 와중에 다른 일행들과 시비가 붙게 되었다. 밀치고 주먹을 휘두르며 혼란스러웠던 그때, 날쌘 몸놀림으로 여학생들을 보호해 주던 남학생이 있었다. 그리고 그때 처음으로 남편이 '멋있는 사람'으로 눈에 들어왔던 것 같다. 하지만 대학을 졸업할 때까지 초등학교 동창회 모임에 가지 않았던 터라 다시 만날 기회는 없었다.

몇 년의 세월이 흐른 후, 우리는 우연히 시내 한복판에서 다시 만났다. 나는 대학을 졸업하고 대구에서 고등학교 지리교사로 근무하고 있을 때였다. 그는 나를 보고는 반갑다면서 차나 한잔하자고 제의했는데, 그동안 많이 변해 있었다. 날렵했던 몸매는 어디론가 사라지고 살도 많이 쪄서 아저씨처럼 보였다. 남편은 군대를 다녀와 복학해서 졸업반이었다.

"옛날 동창회에서 만났을 때, 군대 갔다 오면 꼭 너를 다시 만날 거라고 다짐했었지."

우리의 두 번째 만남은 그렇게 시작되었다.

나는 7공주 집 셋째였다. 그러다보니 늘 중고품 인생이었다. 옷이며 책이며 늘 언니로부터 물려받았다. 한 번도 새 교복과 새 교과서를 입고 쓰지 못했다. 그래서 어릴 적 내 꿈은 공주처럼 예쁜 옷을 입어보는 것이었다. 그리고 그 꿈을 실현하기 위해 선생님이 되기로 마음먹었다. 교사가 돼 돈을 벌어 공주처럼 예쁜 옷을 입고 아이들을 가르치는 내 모습을 상상했다.

처음에는 일이 재미있었다. 보람도 있었다. 하지만 곧 틀에 박힌 일상이 지겹게 다가오기 시작했다. 주당 34시간의 빡빡한 수업, 교장 선생님의 닦달이며 잔소리…. 수업 시작을 알리는 종소리는 왜 그리도 듣기 싫었던지, 교사인 내가 그럴진대 아이들은 오죽했을까. 정말이지 수업을 알리는 종소리가 지옥문을 여는 소리 같았다.

그럴 즈음 나는 남편과 연애를 시작했다. 남편은 매일 내가 근무하는 학교 앞에서 퇴근시간에 맞춰 나를 기다렸다. 자동차가 귀하던 그 시절에 남편은 고동색 포니를 끌고 와서 나를 꼬드겼는데, 자주 만나다 보니 정이 들고 서로 사랑하게 되었다.

그런데 문제가 생겼다. 그의 어머님이 점집을 즐겨 다니는 분이라는 점이었다. 시동생이 데리고 온 여자와 궁합이 맞지 않는다고 결혼을 반대해 난리가 났다고 했다.

우리는 어머님이 자주 다니는 점집을 알아내 미리 궁합을 맞춰보았다. 자식이 없을 거라는 점괘가 나왔다. 당황한 우리는 작전을 세웠다. 내 생일을 사주가 좋다는 날짜로 바꾸고 나이도 한 살 내려 나는 그때부터 뱀띠가 되었다.

남편은 내 나이가 많다고 꼬투리를 잡으실 걸 대비해 대학원에 가면 어떻겠느냐고 제안했다. 공부하느라 혼기를 좀 놓쳤다는 핑계거리를 만들자는 거였다.

"너는 머리가 좋으니 계속해서 공부를 하고, 나는 돈을 많이 벌어서 네 뒷바라지를 해 줄게."

작전은 성공적으로 맞아떨어져서 이듬해 우리는 결혼을 했다. 가난한 딸 부잣집의 셋째 딸이 동네에서 제일 부잣집 맏아들과 혼인을 하게 된 셈인데, 어쨌든 남들의 부러운 시선을 받으며 나는 시부모, 시동생, 시누이와 함께 일하는 사람까지 두고 사는 부잣집 맏며느리로 새로운 인생을 시작하게 된 것이다. 공부하랴 시집 살림하랴 정말 힘든 나날이었지만 남편의 사랑 하나로 버티며 살았던 때였다.

결혼하고 곧바로 임신을 하게 되면서 남편은 학교에 사표를 내고 대학원 공부만 하라고 권했다. 그리고는 까다로운 성품을 가진 어머님 때문에 힘들 테니 낮에는 무조건 학교에 가든지 처갓집에 가서 쉬다가 저녁때 집으로 오라고 했다. 그렇게 남편을 만나면서 나는 대학교수가 되고 싶다는 새로운 꿈을 꾸기 시작했다.

좀 이상한 행동들

남편은 공대생이었다. 초창기였던 전자공학과를 졸업했다. 그것도 지방에서 서울로 유학을 했다. 대단한 부자는 아니었지만 비교적 부유한 집안의 장남이어서 시어머님이 아들을 서울로 보내셨다고 했다. 아버님 몰래 용돈도 넉넉히 보내 아들이 객지에서 고생하지 않도록 뒷바라지 하셨다고 한다.

그런데 아들은 하라는 공부는 하지 않고, 태권도사범 자격증을 땄다. 방학이면 대구로 내려와 공터에 큰 천막을 치고 동네 아이들에게 태권도를 가르쳤고, 운동하는 친구들과 어울렸다. 공대생이면서 자격증 하나 따지 않은 걸 보니 아마도 대학은 겨우 졸업만 한 것 같다. 그래서 직장생활이라고 해야 충청도에 있는 한 기업체에서 3개월가량 일한 게 전부다.

남편은 사회생활 초창기부터 작은 공장을 운영하기 시작했고 몇 년 후에는 50여 명의 직원이 일하는 중소기업으로 성장했다.

한때는 유망 중소기업으로 선정된, 장래가 촉망되는 젊은 사장이기도 했다.

그러나 남편의 사업은 IMF를 바로 앞두고 15년 만에 부도가 나면서 막을 내렸다. 그리고 10여 년의 은둔생활을 거쳐 새로 시작한 사업이 모텔 숙박업이었다. 거의 10여 년을 운영하고 있었는데, 요즘 들어 이상한 행동들이 눈에 띄기 시작한 것이다.

액수가 조금만 커지면 돈 계산을 어려워하기 시작했고, 달방 계산도 잘 못하게 되었고, 달방 투숙객에게 돈을 빌려주고는 잊어버려서 못 받기도 했다. 모텔을 운영하고 있으면서도 자꾸 새로운 사업을 하겠다며 고집을 부려 자주 부부싸움을 하기도 했다.

한번은 모텔 실내 인테리어사업을 하겠다고 하더니 나도 모르게 팸플릿까지 만들어 창고에 숨겨두었다. 그것만이 아니었다. 나중에 보니 몇 가지나 더 되는 사업 팸플릿이 지하 창고에서 발견된 것이다.

남편은 내게 조금만 기다려 주면 언젠가는 다시 사업을 일으켜 재기하겠다고 다짐하곤 했다. 하지만 나는 새로운 사업은 이제 그만 접자고, 그리고 지금 하고 있는 일이나 열심히 하자고 달랬다.

하지만 대화가 되지 않았다. 얼마나 고집을 부리는지 혼자 울면서 수성못 주변을 돌아다니다 집으로 돌아오곤 했다.

그때는 그가 왜 그렇게 다른 사업을 하겠다고 고집을 피웠는
지 잘 몰랐다. 단순히 부도가 나기 전의 시간으로 돌아가고 싶은
마음에 그랬을 거라고 생각했다.

휴대폰 문맹

남편 친구로부터 전화가 왔다. 남편이 문자를 확인하지 않는지 동기회 모임 날인데 오지 않는다고.

남편에게 물어보니 문자를 보지 않았다고 한다.

"왜 친구들 문자를 확인하지 않아?"

"바쁜데 전화만 받으면 되지 뭐 하러 문자를 보노!"

남편이 짜증을 내고는 대답을 피했다.

그때 남편은 폴더 폰을 쓰고 있었는데, 그냥 전화를 걸고 받는 것 이외에 다른 기능은 사용하지 않는 것 같았다. 우연히 남편의 휴대폰을 확인해 보았더니 친구들이 경조사 때 보낸 문자와 연말연초에 보낸 메시지들이 읽지 않은 채 수십 개나 쌓여 있었다. 아마도 문자를 확인하는 방법을 모르는 것 같았다.

남편 자존심이 상할까봐 "내가 읽어 줄게."하고 내용을 전달해 주기도 했지만 그때는 나도 '귀찮아서 그런가 보다.' 하고 지나가 버렸다. 내가 여러 번 가르쳐 주려고 해도 "답답하면 지가 전화하겠지. 필요 없다!" 하면서 아예 배우려고도 하지 않았다.

이제는 친구들도 몇 번 문자를 보내다가 답이 없자 전화를 걸든지 내게 확인을 한다.

그렇게 간단한 것을 왜 배우려고도 하지 않고 못하는지 의심이라도 했더라면 좋았을 텐데…. 그래도 매달 대학동창 모임에는 꼭 참석했다.

약속장소를 못 찾아서

　나는 퇴근을 하면 곧장 남편 사업장으로 간다. 그리고 저녁을 준비해 남편과 함께 먹고 11시까지 일을 돕다가 같이 집으로 돌아온다.

　모임이 있는 날이면 조금 달라진다. 퇴근해서 남편 옷을 챙겨주고, 약속시간보다 조금 일찍 나가라며 등을 떠밀어 보내는 것이다.

　그런데 약속시간에서 30분을 넘겨 남편 친구로부터 전화가 걸려왔다. 남편이 아직 모임에 오지 않았다면서. 나간 지 한참 되었으니 남편에게 직접 전화를 해보라고 했다.

　나중에야 알게 된 사실이지만 남편이 약속시간보다 늦은 건 약속장소를 찾지 못하고 한 시간이나 헤맸기 때문이었다. 결국은 친구가 전화를 해서 약속장소로 데리고 갔다고 한다.

　"야, 임마! 너는 수성구에 그리 오래 살았으면서도 어째 그 장소 하나 못 찾아서 이래 헤매노? 술도 안 먹어놓고."

"자주 안 다니니까 모를 수도 있지."

친구들의 핀잔에 남편이 호탕하게 웃으며 대꾸하자 친구들도 그러려니 하고 그냥 흘려 지나쳤다고 한다. 그때라도 친구들이 그런 사실을 얘기해 주었더라면 남편 병을 조금 더 일찍 알게 되었을 텐데.

그 뒤로 나는 남편을 자동차에 태워 약속장소에 데려다 주곤했다. 모임이 있는 날이면 으레 술도 한잔씩 하는 법이어서 친구들도 차를 두고 대중교통을 이용하는 편이지만 그 뒤로 친구들도 남편을 가게까지 데려다 주곤 했다.

남편에게는 이제 공간 개념도 점차 사라지고 있었다.

잦은 자동차 사고

남편이 운전을 하면서 자동차 사고를 자주 내기 시작했다. 우리 모텔 앞에서 U턴을 하다가 앞 자동차를 추돌한 게 처음이었다. 본인이 과실을 인정했고 어쩔 수 없이 100% 본인과실로 보험처리를 했다.

얼마 후 또다시 접촉사고가 났다. 시어머님이 팔공산에서 계모임을 하신다면서 아들에게 데려다 달라고 하셨던 모양이었다. 남편은 평소에도 어머니 말이라면 무조건 예스다.

모셔다 드릴 때는 괜찮았다. 계모임이 끝났다며 데리러 오라고 전화가 와 다시 팔공산으로 달려가 어머님과 친구 분들을 모시고 내려오다가 대구공항 부근에서 접촉사고가 났다고 한다.

그때도 본인과실로 보험처리를 하고는 친구 분들과 어머님을 집으로 모셔다드리고 왔다고 했다.

퇴근하고 나서 그 이야기를 들은 나는 화가 났다.

"아니 택시를 타고 가실 것이지. 밤잠도 편히 못자는 아들을 꼭 그렇게 두 번이나 전화해서 태워달라고 하고 싶을까?"

어머님에 대한 원망이었지만 사실은 죄 없는 남편을 향한 화풀이에 불과했다.

또 한 번은 역시 어머님을 모시고 보청기를 하러 가다가 접촉사고를 냈다. 어쩌다 사고가 났느냐고 물으니, 길을 잘못 들어서 후진을 하다가 사고가 났다고 했다. 남편 말을 들으며 나는 '밤에 잠을 못 자서 졸음운전을 했나?' 하는 정도로 생각했다. 정말 뇌에 이상이 생겼을 것이라고는 상상도 하지 못했다.

그런 일이 있고 난 뒤에도 남편은 매일 작은 아들을 차에 태워 출근시켰다. 아들은 졸업을 하자마자 금융기관에 취업을 했는데, 남편은 그런 아들이 기특해서 신이 났던지 매일 열심히 태워서 출근을 시켜주곤 했다. 내가 직장이 집에서 가까우니 걸어서 다니라고 했지만 아침부터 땀을 흘리고 출근하면 고객에게 냄새를 풍겨 폐가 된다면서 퇴근을 할 때만 걸어서 돌아왔다.

남편이 아들을 출근시키는 동안 나는 집안정리와 출근준비를 하고 있다가 그 차를 넘겨받아 출근을 하는데, 그러던 어느 날 아들을 태우고 갔던 남편이 전화를 걸어왔다.

집으로 돌아오던 중에 자동차 시동이 꺼졌는데 다시 시동이 걸리지 않는다고 했다. 나는 먼저 보험회사에 전화를 걸어 상황을 설명하고 남편이 있는 곳으로 택시를 타고 갔다. 남편은 길거리에서 어쩔 줄 몰라 하며 나를 기다리고 있었다.

나는 얼른 운전석에 앉아 시동을 걸어보았다. 역시나 걸리지 않았다. 그러다가 혹시나 해서 왼쪽의 LPG라고 적힌 가스차단 버튼을 누르고 다시 시동을 걸어보니 부드러운 엔진소음이 들려온다.

나는 보험회사에 전화를 걸어 출동하지 않아도 된다고 다시 알려주고 남편과 같이 집으로 와서 내려주고는 출근을 했다. 다행히 지각은 하지 않았다.

사실 이런 사소한 징후가 치매 발병을 알려주는 신호다. 하지만 그때도 나는 아마 남편이 운전 중에 우연히 가스차단 버튼을 눌렀을 것이라고 생각했을 뿐 그냥 지나쳐 버렸던 것이다.

점점 사라지는 능력들

마지막까지 남편이 잘했던 일이 있었다. 아들 셔츠를 다림질하는 게 그것이다.

나는 집안일 중에서도 다림질하는 걸 제일 싫어했다. 물론 남편이 젊었던 때는 집에 일하는 아주머니가 살림을 대신 해 줘서 다림질을 도맡아 했었고, 지금은 웬만해선 집에서 다림질을 하지 않는다.

하지만 아들이 매일 갈아입어야 하는 와이셔츠는 어쩔 수가 없다. 매일 갈아입는 셔츠를 세탁소에 맡길 수는 없어서 처음에는 내가 세탁해 다림질을 해 주었는데, 그러다 내가 힘들어하는 걸 보고는 남편이 나 대신 다림질을 해 주기 시작한 것이다.

처음으로 직장에 출근하는 아들이 대견했던지 남편은 정말 열심히 셔츠를 다려주고 구두까지 반짝반짝 빛나게 닦아 주곤 했다. 예전부터 남편은 우리 집에 오는 손님들 구두까지 몰래 닦아서 현관에 가지런히 놓아두곤 했던 사람이다. 두 동서들도 그런 남편을 무척 좋아했다. 물론 내 구두나 자동차도 늘 남편 몫이었다.

어느 날 우연히 옆에서 다림질하는 남편을 지켜보니 예전과 달랐다. 전에는 큰소리로 노래를 부르면서 신바람을 내며 다림질을 하곤 했는데, 이리저리 계속해서 옷을 돌려놓기만 할 뿐 다리미를 잘 다루지 못했다.

나는 속으로 좀 놀라고 이상했다. 그래서 남편에게 "여보, 이제 당신도 힘들고 잘못하면 데일 수도 있어 위험하니까 그만 세탁소에 맡기자."고 했더니, 순순히 응한다.

이제 남편은 익숙한 것들로부터 하나씩 멀어지고 있었다. 어린아이들은 하나씩 배워나가는데, 남편은 하나씩 잊어버리고 있었다.

그러나 아직까지는 일상생활을 하는 데 큰 불편함은 없었다. 그래도 나는 남편이 더 이상의 불편함이 없도록 옆에서 도와야 했다. 그리고 그제야 나는 남편이 조금씩 이상하다는 생각이 들기 시작했다.

낯선 전자제품들

    남편의 말수가 부쩍 줄었다. 행동도 소극적으로 바뀌었다. 이러저러한 일들이 연속적으로 일어나면서 자신감을 잃어서였을까?

    지금까지 모텔 객실 리모컨이라도 고장 나면 남편이 직접 고치곤 했다. 크고 작은 전기부품이나 설비들 또한 고장이 나면 모두 손수 수리했다.

    그런 남편이 어느 날부터인지 텔레비전 리모컨을 잘 사용하지 못했다. 볼륨 버튼과 채널 버튼을 구별하지 못했다. 청소기를 좀 돌려달라고 하면 당황하면서 하지 않았다.

    처음엔 하기가 싫어서 그런가보다고 생각했다. 워낙에 집안일에는 관심도 없었고, 집에 일하는 사람도 있었기에 해보지 않았던 일이어서 그럴 거라고 생각했다. 그러다가 곧 얼마 전까지만 해도 모텔에서 아주머니를 대신해서 가끔 청소를 하곤 했다는 걸 떠올렸다.

　아무래도 무슨 일이 생긴 것 같다는 생각이 들기 시작했다. 그리고 마음 저편에서 어둡고 불안한 구름이 가득 피어나기 시작했다.

애완견도 남편을 힘들게 하네

병원에서 알츠하이머 치매로 의심된다는 진단을 받고 8개월 뒤 우리는 모텔 숙박업을 정리했다. 이제 남편의 상태는 점차 눈에 띌 정도로 나빠지고 있었다.

주변 지인들이 조언을 하면서 애완견을 키워보라고 했다. 내가 출근을 하고 나면 하루 종일 집에만 있을 남편이 심심해하고 우울해질까봐 애완견을 키우며 시간을 보내는 것도 괜찮겠다는 생각이 들었다.

문제는 시어머님이 애완동물을 무척 싫어하신다는 거였다. 큰 아들이 동물을 좋아해서 고양이, 고슴도치, 다람쥐, 거북이, 물고기 등을 키웠던 적이 있었는데 정말 싫어하셨다. 큰 손자가 키우고 싶어 하는 데도 털이 날린다는 이유로 고양이를 제일 싫어하셨다. 다행히도 주택에서 오래 살다보니 그나마 키울 수 있었지만 지금은 아파트에 살고 있어 애완견을 키우기가 좀 어렵다.

하지만 당신 아드님의 병이 심각하니 어쩔 수 없지 않느냐고 어머님을 설득했다. 그리고 내가 출근하면 어머님이 아들을 좀 보살펴 주어야 한다고 말씀드렸다.

어머님은 펄쩍 뛰셨다. 멀쩡한 아들을 환자 취급한다는 생각에 절대로 인정하려 들지 않았다. 내가 지나치게 앞서 걱정하는 거라는 게 어머님 생각이었다..

어쨌든 나는 친구에게 2개월 된 하얀 강아지를 한 마리를 분양받았다. 원래 어린 시절부터 동물을 좋아했던 남편은 아주 반색했다. 초등학교 때는 동네 염소에게 풀을 먹이느라 자주 지각을 했던 꼬마였고 커다란 개도 길렀다고 한다.

문제는 남편이 예쁘다면서 자꾸 먹이를 주었다는 것이다. 이 작은 개는 버릇이 되었는지 남편만 보면 먹을 걸 달라고 짖어대기 시작했다. 이제는 사람을 보기만 하면 짖었다. 시도 때도 없이 짖어대고 대소변을 가리지 못하니 내가 해야 할 일도 늘었다. 퇴근을 하면 목욕을 시키고, 대소변 뒷정리도 해야 했다. 어머님은 아예 관심도 없었고 집은 엉망이 되어갔다. 거기에 두 아들은 개 울타리, 개집, 장난감, 샴푸, 린스, 간식 등을 잔뜩 사가지고 왔다. 남편을 위해 데려온 개였지만 이젠 남편도 개를 피해 다녔다.

결국 아파트에서 더 이상 개를 키우기 어렵다고 판단한 나는 직장 동료에게 아들이 사온 용품을 끼워서 주고 말았다.

집안에는 다시 평화가 찾아왔다.

나는야
박사 요양보호사

그해 연말엔
국가자격증인 요양보호사 자격증도 받았다.
아마도 박사학위를 가지고 있는 사람으로서는
처음으로 요양보호사 자격증을
따지는 않았을까 생각한다.

나에게 찾아온 두 번째 직업

퇴직을 10년 앞두고 나는 근무하던 대학의 야간대학원에 진학했다. 특수대학원 사회복지 전공으로 5학기제 무논문 석사과정이었다. 그리고 2급사회복지사 자격증을 받았다. 퇴직을 하고도 여전히 오랜 시간을 더 살아야 한다는 생각을 했고, 새로운 일이 필요하다고 판단했다.

연금을 받으며 놀고먹는다는 건 체질에 맞지 않았다. 그동안 오랜 시간을 들여 공부했던 전공공부는 오히려 제2의 인생을 준비하는 데 별로 도움이 될 것 같지 않았다.

당시 나와 함께 공부했던 학우들은 대부분 사회복지현장에서 일하고 있던 분들이었다. 복지시설을 운영하는 목사 3명, 복지센터직원 4명, 군대에서 병사들의 자살 및 군대이탈 등을 방지하기 위한 군사회복지사 자격증을 따고자 위탁교육을 받고 있는 장교 2명, 초등학교에서 학교사회복지사가 필요한 시점이라 진학한 분이 한 명 있었다.

　나는 퇴직을 한 뒤 9인 이하의 소규모 노인시설을 운영해보고 싶었다. 내 주변에는 나이가 드신 어르신들이 많았다. 시어머님, 친정엄마, 친정올케, 시이모, 시고모 등 어느 정도 수요가 있을 거라고 생각했다.

　하지만 새로운 분야에서 시작한 공부는 쉽지가 않았다. 다른 분들은 현장경험을 가지고 있어서 이해도 빠르고 잘 따라갔지만 나는 진도를 따라가는 것조차 쉽지 않았다. 또 공부를 하면 할수록 작은 시설이라도 운영한다는 게 간단하고 쉬운 일은 아니라는 걸 깨달았다. 그래도 자격증이라도 따놓으면 퇴직을 한 후의 보험이라도 될 것 같아 스스로 위안을 삼았고 한편으로 뿌듯했다.

　그런데 퇴직을 1년 앞두고 남편이 알츠하이머성 치매로 의심된다는 진단이 나오자 나는 적극적으로 노인 사회복지분야에 더 관심을 가지게 되었고 특히, 치매에 대해 공부하기 시작했다. 2013년, 나는 매주 토요일 9시부터 오후 6시까지 두 달 동안 대구광역치매센터에서 실시하는 치매전문교육을 받았다. 강사진은 대부분 대구 경북지역의 정신건강의학과, 간호학과 교수거나 대학병원의 간호과장, 영양사 그리고 사회복지 관련 공무원이었다.

　치매에 대해 많은 것을 배울 수 있는 좋은 기회였지만 남편을 생각하면 걱정이 앞서기도 했다. 그래도 치매 남편을 잘 돌보기 위해서는 먼저 치매라는 질병에 대해 잘 알고 있어야만 했다. 부지런히 치매와 관련된 책들을 찾아 읽었고, 치매 관련 강연, 보건소에서 실시하는 치매가족 지지프로그램 등에도 참여했다.

퇴직 직전인 가을에는 요양보호사 자격증을 따기 위해 다시 학원에 등록했다. 다행히도 사회복지사 자격증을 가지고 있어서 요양보호사와 겹치는 이론 부분은 강의를 이수하지 않아도 되었으므로 일주일 동안 수업을 듣고, 하루 동안 실습하는 것으로 끝낼 수 있었다. 그해 연말엔 국가자격증인 요양보호사 자격증도 받았다. 아마도 박사학위를 가지고 있는 사람으로서는 처음으로 요양보호사 자격증을 따지 않았을까 생각한다.

그때 받았던 요양보호사 자격증은 남편을 돌보는 내내 큰 도움이 되었다. 오히려 문학박사 학위나 사회복지사 자격증은 아무런 쓸모도 없었다.

2014년 2월말 나는 대학생으로 입학했던 때부터 거의 40년이라는 긴 시간을 보냈던 경북대학교에서 물러났다. 이틀을 집에서 쉬면서 좀이 쑤셨고, 곧바로 실습을 했었던 요양원에 요양보호사로 취업을 했다. 사회복지사로 취업을 하려고 몇몇 요양원과 주간보호센터를 알아봤지만 나이 때문에 받아주는 곳이 없었기 때문이다.

시어머님께 남편을 부탁하고 출근을 했다. 낮 근무, 밤 근무를 이틀씩 연달아 한 뒤, 이틀을 쉬는 근무 형태였다. 요양보호사 두 명이 두 개의 방을 맡아서 어르신들을 돌보다가 일주일 후에는 방을 바꿔 다른 어르신들을 돌보는 방식이었다.

보통 한 방에는 4~5명 정도가 생활하는데, 낮 근무 때는 할 일이 많았다. 먼저 9시 전에 출근해 원장 주재로 밤 근무를 했던 요양보호사, 사회복지사, 간호사들과 회의를 한다. 밤새 일어났던 일들을 보고하고 인수인계를 마친 다음 오늘 해야 할 일들을 알려준 뒤 청소를 시작한다.

빨래를 세탁해 옥상에 널고, 간식을 드리고, 손톱과 발톱, 수염도 깎아드려야 한다. 또 낮 근무에서는 일주일에 한 번씩 목욕을 시켜드려야 하는데, 목욕 당번이 되면 일이 더 많아진다.

두 사람이 짝을 이뤄 어르신들 목욕을 시키는데, 문제는 남자 어르신들이다. 내가 일했던 요양원들과 남편이 있던 요양원에는 남자 요양보호사가 한 명도 없었다. 어쩔 수 없이 여자 요양보호사들이 목욕을 시켜 드려야 하는데, 가끔씩 화를 내면서 공격성을 보이는 분들이 있기 때문이다. 아무래도 자존심이 상하고 창피하다고 생각하기 때문일 것이다.

11시쯤엔 기저귀를 갈아드려야 하는 시간인데 혼자서 하기엔 힘든 일이다. 대부분 와상환자들이 많아 두 사람이 한 조로 작업을 해야 빨리 끝낼 수 있다.

보행이 가능한 어르신들은 화장실로 모셔 볼일을 보도록 하거나 아니면 침대로 모셔 이야기를 나누며 신경을 다른 곳으로 돌리면서 빠르게 기저귀를 갈아드려야 한다.

아, 어느새 점심시간이 된다. 침대를 올려 환자를 침대에 앉힌 뒤 턱받이를 해드린 다음 음식에 약을 섞어 드시도록 한다. 환자들은 음식에 약이 섞여 있는지도 모르고 대부분 잘 드신다.

식사가 끝나면 양치를 하시도록 하거나 해드리는데, 많은 분들이 치약을 그냥 삼키곤 한다. 양치하는 일조차 쉬운 일이 아닌 것이다.

일을 하는 동안 남편 생각이 머릿속을 떠나지 않았다. 남편도 머지않아 이렇게 될까? 나는 암울한 생각을 떨쳐내기 위해 애써 고개를 저었다.

점심식사 후에는 요일별로 프로그램을 진행하고 없는 날에는 텔레비전을 보기도 하면서 어르신들과 말동무를 해 주면서 시간을 보낸다. 그리고 오후 간식을 드린 다음 다시 기저귀를 갈아드리면 벌써 저녁식사 시간이다.

식사를 마치면 낮 동안의 환자 상태를 기록한다. 대소변 횟수, 양, 특이사항, 건강상태, 식사량 등이다.

이틀 동안 낮 근무를 한 뒤에는 저녁 6시에 출근을 한다. 밤 근무는 낮 근무에 비해 하는 일은 별로 많지 않다. 낮 시간 동안 어질러진 주변을 깨끗하게 청소하고 정리정돈을 한 다음 어르신들이 잘 주무시도록 도와드리면 된다. 보통 기저귀는 낮에 2~3번, 밤에는 2번 정도 시간을 정해서 갈아드리는데 환자가 요구하면 즉시 갈아드리기도 한다.

아침이 되면 세수를 시켜드리고, 아침식사를 준비하고, 양치질을 돕고 뒷정리를 마치면 업무가 끝난다. 인수인계를 위한 회의를 마친 뒤 퇴근하는 것이다.

낮 근무에 비해서는 하는 일이 적지만 가끔 잠을 자지 않고 고함을 지르며 소란을 피우는 분들도 계시고, 침대에서 내려와 돌아다니는 분들도 있어 긴장의 끈을 늦출 수는 없다. 그래도 낮 근무보다는 쉬운 편이어서 근무하는 요양보호사들의 수도 적다.

요양원에서는 일손이 부족하다 보니 인간적으로 존엄을 누릴 수 있도록 보살펴드린다는 건 사실 쉽지 않다. 환자 2.5명당 1명의 요양보호사를 둔다는 법적 규정을 지킨다고는 하지만 주·야간 근무와 휴무 때문에 요양보호사 한 명이 낮에는 7~8명의 어르신을 돌보며, 밤에는 더 많은 어르신을 돌봐야 한다. 질 높은 케어를 기대하기는 어려운 게 현실이다.

2개월을 요양원에서 근무하던 나는 요양보호사 일을 그만두었다. 남편을 돌보는 일에 더 신경을 써야 했기 때문이다. 하지만 24시간 내내 남편과 시어머님을 돌보느라 집에만 있자니 우울감이 밀려오고 사는 것 같지가 않았다. 나는 평생을 밖에서 일하던 사람이었다.

남편을 돌보며 할 수 있는 일을 찾다가 노인요양센터 소장님과 상담을 했더니 가정방문요양을 추천했다. 하루에 3시간, 가정을 방문해 환자를 돌보는 일이다.

나는 숨통도 틜 겸 돈도 벌 겸 해서 다시 그 일을 잡았다. 숨을 쉴 것 같았다. 아침에 아들을 출근시킨 뒤 집안일을 좀 하고, 남편과 시어머님과 함께 점심을 먹고는 환자의 집으로 출근해서 오후 1시 30분부터 4시 30분까지 일을 했다.

내가 돌보던 어르신은 이혼한 아들, 손자와 함께 살고 있는 할머니(77세)였다. 2번의 척추수술로 거동이 불편하셨지만 정신은 아주 맑았다. 대신 아주 까다로운 분이셨다. 힘은 좀 들었지만 보람도 있었고 그것도 직장이라고 생각하며 열심히 보살펴드렸다.

거의 일 년이 다 되어가던 어느 날, 어르신은 나를 보더니 도라지를 말린 게 왜 이렇게 적느냐고 중얼거렸다. 말리면 원래 양이 준다고 말씀드렸지만 표정은 여전했다. 내가 도라지를 **빼돌** 렸다고 생각하셨던 걸까?

일주일에 한 번씩 목욕하시는 걸 도와드리는 데도 뭔가 불만이 있으신 듯 했다. 제가 해드리는 게 마음에 들지 않으시면 목욕차 서비스를 받으시는 게 어떠냐고 말씀드렸더니 다음날 하루를 쉬라고 하신다. 그분의 말 대로 하루 쉬었는데, 곧장 해고했다.

　너무나도 배신감이 커서 아예 가정방문 요양보호사를 그만두고 남편을 보살피는 것으로 마음을 바꾸었다. 아무리 그래도 일 년 동안이나 보살펴드렸는데 인사도 못하고 해고되면서 가정방문 케어는 그렇게 끝이 났다.

치매의 얼굴

　치매란, 쉽게 얘기하자면 여러 가지 원인에 의해 뇌 기능이 손상되거나 저하돼 전과 달리 부적절한 행동을 하거나 일상생활을 수행하는 데 장애를 보이는 증상을 말한다.

　예를 들면 기억력 저하, 언어장애, 지남력(날짜, 시간) 저하, 시·공간 인지능력 저하, 판단력과 계산능력의 저하, 성격과 감정변화와 같은 증상이 나타난다. 특히 최근 기억장애가 두드러지고 우울, 초조, 환각, 망상 같은 행동 증상이 나타나기도 한다.

　치매 증상은 70~100가지의 원인으로 나타나는데, 그중 가장 높은 비율을 차지하는 건 뇌세포 퇴행에 의한 알츠하이머성 치매다. 또한 뇌졸중, 고혈압, 알코올성 뇌경색에 따른 혈관성 치매, 루이소체 치매, 65세 이하에서 자주 나타나는 전두 측두엽 치매, 파킨슨병에 의한 치매, 당뇨나 갑상선 같은 대사성 질환에 의한 치매, 우울증 등 여러 질환에 의해 치매 증상이 나타나기도 한다.

전체 치매의 70%를 차지하는 알츠하이머성 치매는 미국 영화 배우 찰턴 헤스턴Charlton Heston과 찰스 브론슨Charles Bronson, 로널드 레이건 대통령이 치매로 사망하면서 전 세계적으로 널리 알려지게 되었다.

알츠하이머형 치매(Alzheimer's Disease)는 1906년 독일의 정신과 의사 알츠하이머 박사가 최초로 보고하면서 명명되었다.

진행성 인지기능 저하와 다양한 신경정신과적 증상을 보인 51세 여자 환자의 뇌를 부검한 결과, 뇌에서 특징적인 병리 소견을 발견하여 보고한 것으로 뇌에 베타 아밀로이드란 나쁜 단백질이 쌓여 뇌세포, 즉 신경세포가 사멸한 결과 인지기능이 저하된 것으로 보았다.

일단 치매는 발병하면 거의 완치되지 않는다. 다시 말하면 치료약이 없다. 물론 치매의 원인에 따라 치료가 되는 경우도 있기는 하다.

보통 치매는 병세의 정도에 따라 몇 단계로 나뉜다. 치매 전단계, 즉 경도 인지장애 단계가 있다. 아직 치매에 이르진 않았지만 전에 비해 기억력이나 그 밖에 인지기능이 떨어져서 약간의 불편함을 느끼는 단계다.

현재 전체 치매환자의 2/3가 경도 인지장애 단계인데, 이 단계에서 일찍 대처해 치매로 진행되는 걸 늦추는 게 가장 중요하다. 학습이 필요한 단계이기도 하다.

초기 또는 경증 치매 단계는 치매 진단을 받은 지 2~3년 이내 시기다. 최근 생활사건과 최근 시사문제를 잘 기억하지 못한다. 독립적인 수행이 어려워 약간의 도움이 필요하다.

중기 또는 중등도 치매 단계는 진단을 받은 지 3~8년의 시기이며, 치매환자라는 걸 쉽게 알 수 있는 행동을 한다. 혼자서 일상생활을 영위하는 게 어려워 다른 사람의 도움을 필요로 한다.

말기 또는 중증 치매 단계는 진단을 받은 지 7~8년 이상이 되는 시기로, 인지기능이 현저하게 저하돼 독립적인 생활이 불가능하다.

단어를 거의 모두 잊어버려서 말을 하지 못하고, 과거에 대한 기억도 얼마 남아 있지 않다. 시간, 공간, 사람에 대해서도 거의 인지하지 못하며, 주변에서 일어나는 일에 대해서도 관심이 없고 거의 반응하지 않는다.

치매환자를 돌본다는 것

주변에서 심심찮게 볼 수 있는 비극 중에 간병살인이 있다. 내가 겪어본 결과로 치매환자, 장애우, 중풍환자, 정신질환자 등 만성질환을 앓고 있는 가족을 간병하는 일이 얼마나 힘든 것인지 알 수 있었다.

육체적인 부담과 경제적 부담은 기본이다. 가족관계가 악화되고, 우울감이 증가하는 등 정말 혼자 감당하기가 어렵다.

우선 치매환자를 돌보는 가족이나 보호자들은 가능한 치매에 대해 많이 알고 있어야 한다. 그래야 어떻게 돌봐야 하는지 답이 나온다. 그런 정보를 가족, 친구, 함께 일하는 분들 모두 공유해야 환자를 이해하고 돌보는 데 도움이 된다.

무엇보다 보호자는 치매로 인해 환자의 능력이 점차 퇴행된다는 사실을 받아들여야 한다. 그래야 현실적인 도움을 줄 수 있다.

인내는 치매환자를 돌보는 사람이 가져야 하는 근본적인 미덕 중 하나다. 같이 화를 내거나 잔소리를 하거나 언쟁을 벌이면, 환자가 공격적으로 변하기 쉽고 돌보는 사람도 마음이 상하게 된다.

아무리 치매환자라고 해도 각 단계별로 할 수 있는 기능은 남아 있다. 힘들더라도 남아 있는 기능은 작은 것이라 할지라도 꼭 유지시키도록 노력해야 한다.

아무것도 할 수 없는 말기에도 감정변화는 지속된다. 뇌의 감정기능은 노화하지 않는다고 한다.

나 또한 실제로 그랬다. 내가 짜증을 내면 남편도 싫어하고, 폭력적으로 변했다. 애정을 가지고 엄마가 어린아이를 대하듯 하면 말을 잘 따른다. 그래서 치매환자를 돌볼 때는 관심과 사랑과 스킨십이 가장 중요하다. 그리고 환경을 갑자기 바꿔도 안 된다. 불안감이 커지고 적응을 하는 데 시간이 많이 걸린다.

가족들의 도움도 절대적으로 필요하다. 혼자 돌보는 건 육체적, 정서적인 부담이 클 수밖에 없다. 또한 시간을 내지 못해 활동에 제약을 받게 됨으로써 스트레스가 쌓이게 되고, 가족관계에서도 제역할을 다하지 못하다 보면 매사에 부정적인 성향을 가지게 된다. 따라서 반드시 가족들의 지지를 받을 수 있도록 적극적으로 도움을 요청해야 한다.

나는 거의 35년 동안 시어머님을 모시면서 직장생활을 했다. 그런데 남편이 장기요양등급을 받은 지 겨우 1년 만에 4등급에서 3등급으로 낮아질 정도로 증세가 눈에 띄게 나빠지면서 어머님을 같이 모시고 사는 게 너무 힘들었다.

하지만 가족들에게 어머님을 좀 모셔달라고 말하고 싶었음에도 용기가 나지 않았다.

어느 날 막내 시누이에게 긴 편지를 썼다. 남편을 돌보면서 어머님을 모시고 살기가 너무 힘들다. 이제 내 어깨에 놓인 짐을 하나라도 좀 받아 달라고. 편지를 읽고 내 상황을 이해하게 된 시누이는 오빠들과 의논을 한 뒤 어머님을 둘째 아들집으로 모셨다.

나는 가족들의 배려가 너무나도 고마웠다. 그래서 그에 보답하기 위해서라도 남편을 더 잘 돌보겠다고 약속했다.

정말 치매환자를 잘 돌보기 위해서는 온 가족이 치매에 대해 이해하고, 소통하고, 어우러져 살아야 한다. 그리고 치매환자를 돌보는 자신조차 치유가 필요하다. 내가 즐겁고 행복해야 환자도 편안하게 케어를 받을 수 있기 때문이다.

치매환자를 돌보는 가족의 삶은 환자를 돌보기 위해서만 존재하는 것이 아니다. 그리고 치매환자 돌보는 일은 가야 할 길이 멀어서 충분한 휴식이 필요하다. 가족이 행복해야 환자의 삶도 행복해진다. 친구, 취미, 기분을 전환할 수 있는 것들에 시간을 투자해야 한다. 우울한 기분이 지속되면 환자와 돌보는 가족 모두가 지친다.

어느 날 병원에 갔더니 담당의사가 남편을 혼자 감당하기에는 이제 어려울 수 있으니 주간보호센터를 이용해보는 게 어떻겠느냐고 제안했다.

오랫동안 나하고만 생활을 해서 처음에는 적응을 하기가 좀 어려울 수도 있으므로 처음엔 오전이나 오후만 이용해보고 그 뒤에 다시 일주일에 2~3번 정도 하루 종일 이용하는 식으로 적응하다가 전일제로 바꾸도록 해보라고 조언했다.

2016년 1월 중순의 어느 날이었다. 남편과 함께 주간보호센터로 가서 하루 동안 지내보았다. 매일 집에서 나와 둘이서만 있다가 여러 사람들과 같이 어울리게 되자 남편도 아주 즐거워했다. 다음날엔 통학버스를 태워 손을 흔들어 주며 보냈다. 꼭 유치원 통학버스에 아이를 태워 보내는 것처럼.

별 문제없이 잘 지낸다고 센터로부터 연락이 왔다.

남편이 주간보호센터에 잘 적응하면서 나도 시간을 내 무언가를 할 수 있게 되었다. 아이러니하게도 남편이 치매에 걸려 어머님이 둘째 아들 집으로 가시면서 여가생활이라는 걸 하게 된 셈이었다.

남편을 주간보호센터로 보내고 오후 5시에 돌아올 때까지의 시간이 온전히 내게 주어졌다. 일주일 동안 계획을 세워 그동안 잊고 살았던 어릴 적 꿈을 찾아 취미생활을 시작했다. 하루는 그림 기초반에 등록해 그림을 그리러 가고, 하루는 오카리나를 배우러 가고, 또 하루는 라인댄스반에 등록해 운동도 시작했다.

주민자치센터에는 정말 별별 강좌가 다 개설돼 있었다. 거의 무료강좌거나 실비로 배울 수 있다. 내가 그림을 그리고, 악기를 배우고, 댄스를 하다니… 정말 이런 세상도 다 있구나 싶었고 그 순간은 너무도 행복했다.

취미활동을 마치고 집으로 돌아오면 잠시 뒤에 남편의 통학 버스가 도착한다. 같은 아파트에서 내 또래 아주머니들은 유치원이나 학원버스를 기다려 손자 손녀를 데려가는데, 나는 '노치원'이라고 말하는, 주간보호센터라고 적힌 차를 기다린다. 그리고 남편과 함께 앞산으로 산책을 간다.

그래도 나는 남편이 두 다리로 걸을 수 있음에 감사했고, 내 곁에 이렇게 있어주는 것만으로 감사했다. 남편 덕분에 이렇게 취미활동까지 덤으로 할 수 있으니 얼마나 감사한 일인가.

나는 거의 2년 동안 남편을 주간보호센터에 보내면서 취미활동을 했다. 그림기초반 회원들과 전시회도 열었고, 남편과 함께 내가 그린 그림 앞에서 사진을 찍으며 자랑도 했다. 남편이 "우리 마누라가 최고!" 라고 칭찬을 했는데 싫지가 않았다.

오카리나 연주회를 할 때는 예쁜 드레스를 입었다. 꽃바구니를 들고 관람석에 앉아 박수를 치는 남편과 아들을 보면서 짧은 순간이었지만 너무나도 행복하고 꿈만 같았다.

치매환자도 보통사람과 같은 인격을 갖춘 인간이다. 좋은 그림을 보면 좋아하고, 좋은 음악을 들으면 즐거워한다. 다만 환자라는 사실을 잊어서는 안 된다. 대답을 하지 못하더라도 언제나 말을 걸어 주어야 한다. 귀로 들을 수 있고 이해할 수도 있다. 그리고 친절하게 대해 주어야 한다.

치매환자 본인은 하루하루가 얼마나 힘겹고 긴 절망과의 싸움일 것인가. 인간으로서의 존엄과 존경을 가지고 대해야 하는 이유다. 그들도 한때는 능력과 지성을 겸비했던 건강한 아빠요, 남편이요, 아들이요, 중요한 사회 일원이었다.

지금 내 곁에 있는 이 사람도 내가 사랑하는 남편이요, 아빠요, 아들이다. 나는 늘 마음속으로 이렇게 되뇌었다.

'당신이 지금 내 곁에 있다는 것만으로도 너무나 소중하고 행복해요. 지금 있는 그대로의 당신을 나는 정말 사랑합니다. 당신을 위해 기꺼이 도움이 되도록 노력할 것이고, 당신의 앞날을 위해 기도하겠어요.'

치매의 예방과 조기진단

급속한 고령화로 치매노인도 급증하고 있다. 65세 이상 노인 열 명 중 하나 꼴로 치매를 앓고 있다. 다가올 2024년에는 103만, 2039년에는 207만, 2050년에는 303만 명으로 치매환자가 급증할 것이란 예측이 우리를 불안하게 만든다.

2017년 현재, 치매관리에 드는 비용은 14조 6,000억으로 추정된다. 국내총생산의 0.8%에 해당한다. 2050년에는 43조 2,000억이 소요되어 국내총생산의 1.5%를 차지할 전망이다. 그러므로 무엇보다 치매관리는 예방과 조기진단이 중요하다. 네덜란드에서는 치매 캠페인을 전담하는 장관을 둬 예방에 힘쓰고 있다고 한다.

치매는 유독한 환경과 스트레스가 주요 원인이라는 연구결과도 있다. 스트레스를 관리하고 생활습관을 바꿔 치매에 노출되지 않는 환경을 만드는 게 급선무다. 이를 위해 중앙치매센터에서 권장하는 치매예방 333을 건강할 때부터 실천해야 한다.

'3권'은 규칙적인 식사와 걷기 등의 유산소운동을 주 3회, 30분 이상 하며, 신문이나 책읽기, 외국어 공부하기, 그림 그리기, 악기 연주 등으로 두뇌가 녹슬지 않도록 해야 한다.

'3금'은 과음과 과식, 흡연, 머리 외상 피하기를 실천해야 한다.

'3행'은 고혈압, 당뇨병, 고지혈증 관리와 우울증 치료, 치매 조기검진과 가족과 친구를 비롯한 인간관계를 잘 유지하도록 노력해야 한다.

치매역학조사 결과에 의하면 치매의 위험인자가 9가지로 압축되었는데 흡연, 외로움, 여성, 두부 외상, 저학력, 고령, 우울증, 고혈압, 알코올이 그것이다. 그중 대부분은 앞에서 보았던 '치매예방 333'에 모두 포함되어 있으며 여성, 고령이 문제다.

여성 치매환자가 남성보다 2배나 높은 이유는 남성보다 긴 수명과 여성호르몬의 감소 때문이라고 한다. 고령은 어떻게 할 수 없는 사항이므로 미리 예방하는 방법 외에는 답이 없다.

암을 비롯한 다른 질병은 본인이 힘들지만 치매는 본인보다 주변 사람들이 더 힘든 병이다. 보호자들이 오랜 시간 짊어지고 가야 하는 짐일 수도 있다. 조기진단과 예방, 치료 노력만이 치매를 극복할 수 있는 길이다.

관리를 하며 치료를 받고 있는 치매환자는 60세 이상 치매환자의 52.1%에 불과하다. 우리나라에서는 치매 증상을 인식하고 병원을 찾기까지 평균 2.7년 걸리는 데 비해 외국은 1.2년 정도로 우리의 절반 수준이라고 한다.

빨리 발견해서 관리하는 것이 중요함에도 우리는 통상적으로 인지기능 저하를 노화의 하나로 여기는 경향이 있으며, 또한 치매에 대한 부정적인 인식으로 인해 가족에게도 증상을 감추다보니 치료를 시작해야 할 시점이 늦어진다. 치매는 다른 질병과 마찬가지로 누구에게나 찾아 올 수 있는 질환이므로 빨리 인정하고 치료하고자 하는 인식전환이 시급하다.

최근에는 유전, 과도한 음주, 흡연, 스트레스, 과도한 스마트폰 사용 등 사회 환경적 요인의 영향으로 '초로기 치매'를 앓는 30~50대 젊은 환자도 늘어나는 추세다. 그러므로 젊다고 그냥 지나치지 말고 정기적인 정신과 검진도 필요한 시점이라고 본다.

평소와 달리 어떤 물건이나 대상에 집착하거나 의심증, 폭력성이 심해지면 일단 치매를 의심해봐야 한다. 만 60세 이상부터 전국에 있는 256개소 치매안심센터(보건소)에서 무료로 상담과 치매검사를 받을 수 있다.

간단한 설문과 인지기능검사에 의한 '치매 선별검사'를 받는다. 그 결과 인지능력에 문제가 있다고 판단되면 치매검진 협약 병원을 방문해 전문의의 진료와 신경인지기능 검사 등에 의한 '치매 진단검사'를 무료로 받을 수 있다.

만약 치매로 진단되면 유료로 '치매 감별검사'를 받아야 한다. 혈액검사, 신경심리검사, MRI(뇌 자기공명 영상), CT(뇌 전산화 단층 촬영)를 통해 치매라고 확진을 받게 되면 주소지 보건소에 등록 하고 치매관리비를 신청할 수도 있다.

치료를 위해서는 처방을 받은 약제를 환자에게 투약해야 한 다. 대개의 경우 치매환자가 복용하는 약제는 치매억제제인 도 네페질과 아세틸콜린 분해효소억제제인 NMDA수용체 길항제 가 있다.

그러나 치매환자의 47%가 부적절한 약물처방으로 치매가 더 악화되기도 하고, 중추신경계의 기능을 감소시켜 인지기능을 더 떨어뜨리거나 졸리고 기운이 빠지게 하는 부작용을 일으키거나 장기간 복용하게 되면 체중감소, 서맥, 저혈압, 부정맥이 올 수 있으며 심할 경우 실신하기도 한다.

남편도 요양원에 있을 때 불면증 및 불안장애와 공격성을 보 여 처방된 약제를 투여하면서 늘 가수면 상태에 놓여 있거나 기 운이 빠져 있는 상태에서 식사를 하게 되면서 음식물이 모두 폐 로 넘어가 두 번이나 흡입성 폐렴으로 입원했었다.

세상을 떠난 것도 결국은 폐혈증이었다. 차라리 약물보다는 기억력 개선이나 해마 보존에 도움을 줄 수 있는 오메가3 지방산이나 비타민 B, 우리딘, 콜린 같은 것들을 치매 초기에 신경 써서 섭취했었더라면 좋았을 것이라는 아쉬움이 남는다.

어쨌든 치매에 대한 경각심을 가지고 작은 이상 징후라도 그냥 넘겨버리지 말고 민감하게 반응해 조기에 발견하는 것이 중요하다. 그리고 의학적으로 최선을 다하면서 가정과 사회복지 제도의 도움을 받는다면 어느 정도 어려움을 극복할 수 있을 것이라고 생각된다.

국가치매책임제의 현실

　가장 무섭고 두려운 질병이 무엇이냐는 질문에 대해 60대 이상 노인 38.9%는 치매라고 답했다. 그 다음 38.8%가 암, 뇌졸중은 11.2%였다.

　현대인들이 가장 두려워하는 질병은 역시 치매와 암이라고 할 수 있다. 특히, 치매를 가장 두려운 질병으로 인식하는 이유는 의료비 지출 1위가 치매이기 때문이다. 월평균 150만 원, 1년에 거의 2000만 원이 지출된다.

　그리고 치매는 환자를 돌보는 가족의 정신적 육체적 부담이 1위에 올라있는 고통스런 질병이다. 또한 치매가 가장 두려운 이유는 원인이 불확실하고 불치병이라는 것이다.

　지금 우리 사회는 가족관계가 변화해 대부분 핵가족이고, 여성의 사회진출 확대로 인해 치매환자의 문제가 가정은 물론이고 국가사회에도 심각한 부담으로 작용하게 되었다. 이에 정부는 개별 가정 차원이 아닌 국가가 치매환자와 가족의 고통을 분담하겠다는 강한 의지를 담아 2017년 8월 18일부터 국가치매책임제를 시행하기 시작했다.

어르신들이 치매 때문에 고통 받거나 가족이 함께 고통 받지 않고 더불어 잘 살 수 있는 나라를 만드는 것, 그리고 지역사회 인프라를 확대하고 건강보험제도 활용 등을 통해 치매환자와 가족이 떠안아야 하는 부담을 낮추고자 하는 제도다.

현재 이 제도는 전국의 256개소 치매안심센터를 통해 원스톱으로 치매를 관리, 지원하고 24시간 치매 무료상담을 시행하고 있으며, 만 60세 이상 어르신들은 무료로 치매조기검진을 받을 수 있다. 또 국가건강검진시 인지장애검사를 무료로 제공하며, 모든 독거노인을 대상으로 치매검진을 실시하고, 치매검사(신경인지검사, MRI)도 건강보험을 적용해 비용을 줄여주고, 중증 치매환자를 대상으로 건강보험의 산정특례를 적용해 중증 치매환자들의 의료비 본인부담 비율을 10%로 대폭 줄였다.

그러나 현실적으로는 아직 개선해야 할 부분들이 많다.

내 남편처럼 폭력성을 보이면서도 스스로 보행이 가능한 환자의 경우에는 집에서 돌보기 힘들어 요양원을 이용하고자 해도 받아주는 곳이 거의 없다. 결박을 허락해 주면 받아주겠다고 한다. 아니면 우주복을 입히거나 이상한 장갑을 착용시켜놓기도 하고 정신병원에 입원시키라고도 했다.

주간보호센터를 이용할 때는 본인부담금이 15% 정도여서 큰 부담이 되지도 않았고 나는 요양보호사 자격증을 가지고 있어서 가족 케어로 얼마간의 월급을 수령할 수 있었다. 나는 그 돈을 받아 노인복지센터와 주간보호센터에 15%를 내고 나머지로 신경과와 내과의 병원비로 써서 치매환자를 집에서 돌보는 데 큰 부담이 없었다.

그런데 요양원에 들어가게 되면 다르다. 국가에서 노인 1인당 등급에 따라 요양원으로 80%를 지원하고 환자 본인부담금은 20%만 내면 된다고 하는데, 그 20%에는 식대나 기저귀 값이 포함되어 있지 않다. 결국은 거의 매달 60만 원 이상의 경비를 부담해야 한다. 개인적으로 응급실이나 병원을 찾아 치료를 받게 되면 매달 거의 100만 원 이상의 경비가 필요하다.

결국 요양원은 밥값으로 소득을 올린다고 해도 과언이 아니다. 게다가 요양원에서 제공하는 음식을 보면 정말 눈물이 날 지경이다. 오죽했으면 주말마다 남편을 집으로 데리고 와서 맛있는 음식을 만들어 같이 식사를 했을까.

본인부담금이 20%라는 사실만 강조할 게 아니다. 본인부담금에 식대 등의 모든 비용을 포함시켜야 치매환자 가족들이 떠안아야 하는 경제적 부담을 줄여줄 수 있다. 동시에 요양원에 지원하는 경비를 철저하게 관리 감독해야 하는 것은 당연하다.

남편은 중증 치매로 산정특례신청을 해 두었지만 종합병원 원무과에서는 남편이 폐렴으로 호흡기내과에 입원했을 뿐 치매로 신경과에 입원한 것이 아니므로 산정특례를 해 줄 수가 없다고 했다. 중증 치매로 인해 음식물이 폐로 넘어가 흡입성 폐렴이 되었다는 호흡기내과 교수의 진단에도 불구하고 공단에서 요구하는 치매 코드가 아니면 시스템 자체에서 받아들이질 않는다고 했다.

결국 5주 동안 입원치료한 병원비는 산정특례 혜택을 받지 못해 엄청난 병원비를 지불했다.

하지만 다시 응급실로 갔을 때에는 응급실 담당의사가 남편의 병명을 전두측두엽 치매로 바꿔줘 산정특례혜택을 받을 수 있었다. 그럼에도 혜택을 받을 수 있는 항목이 한정돼 있어 실제로 암환자들이 받는 혜택에 비하면 아주 미미한 정도다. 중증 치매환자의 산정특례 부분에 대한 검토가 필요한 것 같다.

치매환자는 치매로 사망하는 경우보다 치매에 의한 합병증으로 죽는다. 남편도 흡입성 폐렴으로 입원했다가 결국은 폐혈증으로 세상을 떠났다.

남편을 위한
선택들

지금도 그날 찍었던 가족사진이
거실의 한 면을 장식하고 있다.
남편은 언제나 웃고 있다.
그렇게 찍은 사진이 4년 후 영정사진이 될 줄은
꿈에도 알지 못했다.

고층 아파트에서 주택으로

    퇴직을 반 년 앞두고 남편이 하던 모텔 사업을 접었다. 직장 때문에 낮에는 도와줄 수도 없고, 남편 혼자서는 더 이상 운영을 할 수도 없는 상태였다. 알츠하이머가 의심된다는 판정을 받은 지도 8개월이나 지난 시점이어서 이제는 좀 쉬도록 해 줘야 한다는 생각을 했다.

    양가 가족들과 주변 지인들에게도 남편이 어떤 상태에 있는지 모두 알렸다. 갑자기 어떤 일이 일어나게 될지 알 수 없었고 도움을 청해야 할 일이 생길 수도 있었다. 이쯤 해서 주변정리도 필요했다. 그리고 남편에게는 불편했을 고층 아파트에서 주택으로 이사를 했다. 어느 날부터인지 엘리베이터 작동을 잘 못해서 일상생활이 불편해졌기 때문이다. 20층에서 내려가려면 내림버튼을 눌러야 하는데 그냥 가만히 서 있거나 올림버튼을 눌러놓고 하염없이 기다리는 것 같은 일이다. 외출을 했다가 아파트 내

부로 들어오는 일도 쉽지 않은 것 같았다. 그렇다고 일일이 남편을 따라다닐 수 있는 상황도 아니었다.

조용한 주택가 2층집을 구해 2층은 세를 주고 우리는 1층만 사용했다. 마당이 제법 넓어서 텃밭으로 사용하던 곳에 잔디를 심고 정원을 손질했다. 대추나무, 석류나무, 감나무, 산수유, 단풍나무가 자랐고 매실나무도 있었다. 나는 남편과 함께 살아갈 마지막 집이라는 생각에 정성을 다해 꾸몄다. 깨끗하게 리모델링한 집에서는 자동차 소리도 들리지 않았고 공기도 청량해 살기 좋은 환경이었다. 주변에는 몇 군데 동네공원이 있었고 신천과 수성못이 가까워 운동을 하거나 산책을 하기에도 좋았다.

남편은 낮에 혼자 집밖으로 나가 동네공원이나 주택가를 다니며 운동을 하다 집으로 돌아오곤 했다. 당뇨로 약을 먹고 있어서 병원에서 운동을 많이 하도록 처방했기 때문이다.

나도 퇴근을 하면 남편과 함께 저녁을 먹고 수성못이나 신천 둔치를 산책하면서 운동을 했다. 그동안 직장생활을 하면서 퇴근한 뒤 남편 사업을 돕느라 11시나 되어서야 집으로 돌아왔기 때문에 늘 만성피로와 수면부족에 시달리던 나였다. 운동이라곤 숨을 쉬는 게 유일했었다. 그런데 이제 남편 덕분에 운동을 시작하게 되었으니 어찌 생각하면 그것도 그에게 감사할 일이 아닌가.

골프장 알바로 남편이 벌어온 70만 원

이사를 한 뒤, 남편의 일상은 내가 퇴근할 때까지 어머님과 함께 하루 종일 집에 있거나 혼자 동네를 돌아다니는 것이었다. 어머님은 아들에게 별 관심이 없으셔서 혼자 방에 계시다가 가끔씩 동네공원이나 성당을 다녀오실 뿐이었다.

그러던 어느 날, 남편 친구로부터 전화가 왔다. 남편이 집에만 있으면 혼자 심심할 테니 자기가 관리하는 골프장에 나와 간단한 일을 해보는 게 어떻겠느냐는 것이었다. 물론 데려가고 데려다 준다고. 나는 남편 상태에 대해 자세히 얘기해 주었다. 그분은 그래도 몸은 건강하니까, 새벽에 골프장에 나가 시키는 대로 물만 주면 되는 간단한 일이라면서 할 수 있을 거라고 했다.

남편에게 친구 이야기를 전했더니 잘 할 수 있다면서 친구를 따라 가겠다고 했다. 이튿날 새벽 4시에 일어나 도시락을 싸고 간식을 준비해서 약속장소로 남편을 데리고 갔다. 합천에 있는 골프장이라고 하는데, 새벽에 일을 시작하므로 점심식사를 한 뒤에 조금 더 일을 하다가 3시쯤 마친다고 했다.

남편은 4시쯤 집으로 돌아와 나를 기다리고 있었다. 입고 간 점퍼를 2개나 잃어버리고 왔지만 그래도 일을 할 수 있다는 것만으로도 정말 다행이다 싶었다. 그렇게 열흘쯤 일하고 난 어느 날 밤, 그 친구 분으로부터 다시 전화가 걸려왔다. 내일부터는 남편을 데리고 갈 수가 없다면서. 방향 감각이 없어서 일일이 데리고 다녀야 하는데, 자기가 그 일을 할 수도 없고 다른 사람에게 피해를 줘 안 되겠다는 거였다.

결국 남편은 열흘 만에 골프장 알바에서 잘렸다. 그래도 혹시 남편이 실망할까봐 사실 대로 이야기할 수는 없었다. 추석이 다가오니까 시장도 같이 봐야 하고, 당신이 도와줘야 할 일이 많으니 골프장에는 그만 가라고 했다.

남편 친구는 통장으로 70만 원을 송금해 주었다.

"당신이 이번에 70만 원이나 벌어 왔네! 이걸로 아버님 산소를 벌초하고 남은 돈으로 아버님 제사 때 맛있는 거 많이 할게. 당신이 번 돈으로 했다고 하면 아버님도 엄청 좋아하실 걸?"

내가 돈을 내밀었더니 남편은 내가 알아서 다하라고 다시 돈을 내밀면서 싱글벙글 웃었다. 우리 남편이 알바로 돈을 벌어 나를 기쁘게 하다니!

팔공산 동서네 일손 돕기

2014년 1월, 팔공산 자락에 살고 있는 동생으로부터 전화가 왔다. 제부는 개를 키우는 농장을 하고 있었는데, 다리를 많이 다쳐 일을 할 사람이 없어 큰일이라면서 형부도 하루 종일 집에만 있으면 지루할 테니 일을 좀 도와달라고 했다.

스스로 알아서 일을 하지는 못해도 옆에서 시키는 일은 할 수 있을 것 같아서 일단 그러마했다. 남편은 원래가 남을 돕는 일이라면 두 발 벗고 나서는 성격이다. 단번에 간다고 했다.

하지만 버스로 한 시간 정도 걸리는 곳이고, 대중교통을 이용해야 해서 조금 걱정이 되었다. 혼자 버스를 타고 제대로 갈 수 있을지… 그래도 남아 있는 기능을 유지하기 위해서는 무슨 일이든 해보는 게 도움이 될 것 같았다.

나는 남편을 버스정류장으로 데려가 타야 할 버스번호를 알려주고 동화사를 지나 내릴 곳도 가르쳐 보냈다.

첫날은 제부가 버스정류장으로 마중을 나와 남편을 데려가고 돌아올 때도 버스정류장까지 데리고 가 버스에 태워 보내 걱정했던 것에 비해 별일 없이 잘 돌아왔다.

그 후로도 남편은 제부 다리가 어느 정도 나을 때까지 별일 없이 매일 팔공산으로 출근을 했다. 어떨 때는 버스에서 졸다가 한 정거장 더 가기도 하고, 또 어떤 때는 한 정거장 전에 내리기도 했지만 그 정도면 훌륭했다.

남편은 음식솜씨가 좋은 동생이 매일 맛있는 밥을 해 주고, 제부와 함께 차를 타고 다니면서 물건을 차에 싣고 내리는 일을 도맡아 했다며 자랑했다. 동서와 함께 다니며 일을 하는 게 재미있었던 모양이었다. 물론 말귀를 잘 알아듣지 못해서 제부가 좀 힘들어 하기는 했지만 말이다.

동생 내외가 너무나도 고마웠다. 남편은 자신이 할 수 있는 일이 있다는 것만으로도 기분이 좋은 듯했다. 그렇게 두 달을 일하고 남편은 30만 원이 든 봉투를 받아가지고 왔다. 받지 않으려고 했는데 언니에게 꼭 가져다 주라고 해서 받아왔다면서 남편은 환하게 웃었다. 스스로도 뿌듯하고 좋았나 보다.

나는 남편이 내미는 돈을 받으며 등을 다독여 주었다.

"우리 남편이 고생하며 돈을 벌어왔네? 처제가 당신 옷이나 한 벌 사 주라고 보냈데. 당신 수고 많이 했데이."

다음날 동생이 전화해 돈을 많이 주지 못해 미안하다고 했지만 "나는 형부가 무언가 할 수 있는 일이 있다는 게 더 좋았고 오히려 고맙다."고 했다. 그리고 이것이 남편의 마지막 경제활동이었다.

  이 정도에서 병세가 멈춰준다면 더 이상 바랄 게 없을 것 같았다.

리마인드 웨딩

2003년 1월 19일, 친정 부모님은 예식장을 빌려 양가 가족들과 사돈들을 초청해 조촐한 결혼 60주년 회혼례를 올렸다. 60까지 살지도 못하고 죽는 사람도 많은데, 우리 부모님은 모두 건강하셔서 7공주를 키우며 60년을 해로하셨다. 77세인 엄마, 83세인 아버지가 사모관대와 족두리를 쓰신 모습이 너무나도 보기 좋았다.

그날은 마침 우리 부부가 결혼 22주년이 된 날이었다. 공교롭게도 친정 부모님과 우리 부부의 결혼기념일은 같은 '대한' 날이다.

남편과 나는 회혼례를 하려면 90세가 되어야 하니, 그때까지 잘 살아서 우리도 꼭 회혼례를 하자고 다짐했다. 나는 부부라면 당연히 그렇게 될 거라고 믿었다. 친정 아버지는 회혼례를 올린 뒤 6년을 더 사시다가 90세를 며칠 앞두고 이틀 동안 앓다 돌아가셨다. 정말 9088234하셨다.

우리는 아이들에게 회혼례를 하려면 너무 늙어서 보기 싫을 테니 그 전에 먼저 리마인드웨딩을 하겠다고 얘기를 했었는데, 이제는 남편 건강이 더 나빠지기 전에 가족사진이라도 미리 찍어두고 싶었다.

2014년 설 전날, 전을 부치고 나물을 볶고 대충 설음식을 끝낸 뒤 잠시 쉬고 있을 때였다.

"엄마, 세수만 하고 아빠하고 어디 좀 같이 가자."

두 아들이 잡아끄는 통에 나는 영문도 모르고 남편과 함께 아들을 따라 나섰다. 궁금했던 내게 물었다.

"할머니는?"

"할머니는 오늘 같이 안 가셔도 돼. 엄마 아빠 결혼 33주년 리마인드웨딩 촬영하러 가는 거야. 가족사진은 있으니 이번에는 엄마 아빠만 같이 찍자."

사진관에 도착한 나는 신부화장을 하고 웨딩드레스와 빨강 드레스를 번갈아 갈아입고, 남편은 멋진 양복차림의 새신랑이 되어 사진을 찍었다.

남편 얼굴에서는 예쁜 드레스를 입은 마누라와 멋진 두 아들을 보고는 웃음이 떠나지 않았다. 사진사가 시키는 대로 이런 저런 포즈를 취하면서 찰칵찰칵 셔터 소리가 경쾌했다.

우리는 긴 시간 촬영을 끝내고 그 많은 사진 중에서 잘 나온 사진을 골라 앨범과 액자를 주문하고 돌아왔다.

  아무리 생각해도 그날 리마인드웨딩 촬영은 정말 잘한 것 같았다. 지금도 그날 찍었던 가족사진이 거실의 한 면을 장식하고 있다. 남편은 언제나 웃고 있다. 그렇게 찍은 사진이 4년 후 영정사진이 될 줄은 꿈에도 알지 못했다.

중고품 가게 창업기

2014년 2월 나는 정년퇴직을 했다.

경북대학교를 졸업하고 6년 동안 중·고등학교에서 교직생활을 했었다. 결혼한 뒤 교사를 그만두고는 다시 같은 학교에서 대학원 석·박사 과정을 밟았고, 시간강사로 14년을 보냈다. 그리고 교직원으로 17년 동안 근무했다. 내 인생 중에서 거의 40여 년을 보낸 곳이 바로 경북대학교였다. 내 청춘을 이 학교에서 다 보낸 셈이다.

그래서인지 퇴직을 하고나자 허탈해서 견딜 수가 없었다. 퇴직을 한 뒤 겨우 이틀을 쉬고 3월 1일부터 바로 요양원에 취업을 해서 출근을 했다. 다른 치매환자를 돌보면서 남편의 미래를 걱정했다. 이틀은 주간근무, 다시 이틀은 야간근무를 하면 이틀은 쉰다. 긴장되어서인지 그런대로 할만 했지만 집에서 좀 멀어 한 달 만에 그만두고, 집 가까운 요양원으로 일자리를 옮겼다. 가까

우니 여러 가지로 편했다.

하지만 남편을 집에 남겨두고 출근을 하는 게 점점 어려워졌다. 시어머님은 아픈 아들에겐 관심도 없으셨고 매일 당신만 아프다고 끙끙 앓으셨다.

가끔씩 남편은 내가 일하는 요양원으로 찾아와서 나를 기다리기 시작했다. 내가 일하던 요양원은 과거에 남편이 사업을 하던 곳과 가까워서인지 길을 잃지 않고 잘 찾아왔다.

하지만 혼자 요양원까지 걸어오는 길이 위험하기도 하고, 뜰에서 기다리는 남편을 보면 마음이 불안해서 일을 할 수가 없었다.

더구나 밤 근무 때는 남편을 돌보는 게 더 문제가 되었다. 내가 없으니 자다가 찾기도 하고 현관문을 열고 나가려고 한다면서 어머님이 걱정을 하셨다. 결국 한 달 만에 다시 일을 그만두었다.

나는 남편을 돌보며 할 수 있는 일을 찾기 시작했다. 그러다가 우연히 요양원 앞 중고물품 가게에서 물건을 사며 이것저것 물어보다가 큰돈을 벌지는 못하겠지만 남편과 함께 시간을 보낼 수 있겠다는 생각이 들어 중고품 가게를 해보기로 마음을 먹었다. 두 아들은 직장생활만 하던 엄마는 절대로 장사 못한다고, 그냥 집에서 아빠만 돌보며 지내라고 반대했다.

나는 평생을 일하며 살았던 사람이다. 그냥 가만히 앉아 무위도식하는 건 참을 수 없었다. 집에 갇혀 시어머님과 남편 시중을 들어야 한다는 것 자체가 스트레스였다. 낮 시간 만이라도 그런 생활에서 벗어나고 싶었다. 그래야 내가 살 수 있을 것 같았다.

아이들에게 말했다. 혹시 망하더라도 엄마에게 밍크코트 한 벌 사준 셈 치라고.

집에서 조금 떨어진 주택가에 가게를 얻어 계약을 했다. 오랫동안 비워뒀던 곳이라 엉망이었다. 거의 일주일을 남편과 함께 아침부터 출근해 대청소를 하고, 사람을 불러 도배하고 페인트 칠을 했다.

그렇게 5월 한 달을 오픈 준비로 보내고 6월에 가게를 열었는데, 매일매일 출근해 들어온 물건을 세척하고 닦고 진열하면서 시간은 잘도 갔다.

점심과 저녁은 가게에서 직접 만들어 먹었고, 시어머님은 어쩔 수 없이 아침만 같이 먹고 낮에는 집에 혼자 계셨다.

남편을 곁에 두고 지내다 보니 걱정은 없었다. 남편 친구들과 집안 식구들이 찾아와 격려를 하며 물건을 몇 가지씩 사줬다.

시간이 지나면서 올 것이 왔다. 지인들 발걸음이 뜸해지면서 가게를 찾는 사람 발길도 끊어졌다. 역시 아들 말대로였다. 장사는 아무나 하는 게 아니었다. 이젠 연금으로 가게 세를 내야 하는 지경이 되었고, 점점 후회가 됐다.

그러던 어느 날 오후, 남편과 함께 가게 부근에 있는 이발소를 갔다가 손님이 한 분 기다리고 있어서 주인에게 남편을 부탁하고 돈을 지불한 다음 먼저 가게로 돌아왔다. 이발소는 우리 가게와 직선으로 200미터 정도의 거리여서 혼자서도 찾아올 수 있을 거라고 생각했던 것이다.

저녁이 되어 국수를 삶아놓고 기다려도 남편은 소식이 없었다. 어둠이 깔리고 있었다. 가슴이 덜컥 내려앉은 나는 이발소로 달려갔다. 남편은 이발소에 없었고, 나간 지 오래라고 했다. 순간적으로 큰일이 벌어졌다는 걸 직감했다.

남편에게 전화를 했더니 다행히도 받았다. 어디냐고 물었지만 잘 모르겠다는 대답이 돌아왔다.

옆에 다른 사람이 있으면 전화를 바꿔달라고 했더니 남학생이 전화를 받았는데, 경신고등학교 앞 버스정류장이라고 했다.

아니 그 사이에 어떻게 거기까지 걸어갔을까? 이발소를 나와 내리막길로 와야 하는데, 남편은 반대로 올라가 대로변으로 나간 뒤 계속해서 걸어갔을 것이다.

학생에게 남편을 황금사거리로 가는 버스에 좀 태워달라고 부탁한 뒤 전화를 끊고 생각하니 내가 잘못 판단했다는 사실을 깨닫게 되었다. 근처의 치안센터로 좀 데려다 달라고 했어야 했는데….

갑작스레 일이 벌어지자 당황한 나머지 나 또한 제대로 판단을 내릴 수가 없었다. 설상가상으로 마침 휴대폰 배터리까지 다 닳아서 다시 전화를 할 수도 없는 형편이었다.

나는 황금사거리 버스정류장으로 달려갔다. 남편은 아직 보이지 않았다. 주변에 있는 휴대폰가게로 들어가 자초지종을 설명하고는 휴대폰을 빌려 전화를 걸었다. 남편은 자신이 어디쯤 가고 있는지 알지 못했다. 이제 어둠이 짙어졌다. 남편에게 다른 사람이 있으면 전화를 받아달라고 했더니 누군가의 목소리가 흘러나왔다. 그분에게 황금사거리 과학고등학교 앞에서 좀 내려달라고 부탁을 하고는 기다렸다.

몇 분에 불과한 시간이 어찌나 길게 느껴지던지… 초조한 시간이 천천히 흐르며 늘어졌다.

한참이 지난 뒤, 버스에서 남편이 내렸다. 나는 남편을 힘껏 끌어안았다.

"어디 갔다 왔노? 큰일 날 뻔 했다. 여보야, 미안… 내가 잘못했다. 이발소에서 기다리다가 같이 왔으면 이런 고생 안했을 건데."

벌써 저녁 8시가 지나가고 있었다.

정말이지 밤이 더 깊어지고 남편을 찾지 못했더라면 어쩔 뻔 했을지 아찔했다. 남편은 이제 공간지각능력이 거의 사라지고 있는 것 같았다. 이제는 절대로 혼자 내보내지 말아야겠다고 다짐했다.

남편과 함께 가게로 돌아와 다 불어터진 잔치국수를 같이 먹었다. 그래도 남편을 찾아 같이 먹을 수 있어 다행이라 여겨졌기 때문인지 불어터진 국수도 맛이 있었다.

여름이 스치듯 지나가고 가을도 흘렀다. 겨울로 접어드니 주택가는 조용하다 못해 개미새끼 한 마리도 보기 힘들었다.

결국 나는 손을 들었다. 시작할 때 내 입으로 뱉었던 대로 결국 밍크코트 한 벌을 날리고 8개월 만에 가게 창업은 실패로 끝났다. 내 팔자에 장사는 맞지 않는 옷이구나 싶었다.

하지만 후회하지는 않았다. 해보지 않았더라면 언젠가는 해보고 싶어 안달을 했을 거라는 걸 나는 알고 있었다. 다른 사람이 가게를 인수해 줘 그나마 손해를 줄일 수 있었던 게 다행이었다.

2월은 설날이 들어 있어 한동안 밀어두었던 집안일을 하면서 보냈지만 다시 무료한 일상이 시작되자 우울감이 밀려들기 시작했다.

200만 원짜리 굿과 갓바위 기도

병원에서 처방받은 약을 시간 맞춰 꼬박꼬박 챙겨 먹이고, 뇌에 좋다는 비싼 건강보조식품까지 열심히 찾아 먹였음에도 남편의 증세는 점점 더 나빠졌다. 그럴수록 내 마음도 약해졌다. 주변에서 하는 말들에 자꾸 귀가 얇아졌다.

중고품가게를 하고 있을 때 손님 중 한 분이 용하다면서 비구니 스님을 소개했다. 스님은 우리 집안에 우환이 많은 건 윗대 조상이 돌아앉았기 때문이라면서 조상굿을 해야 한다고 했다. 조상굿을 하지 않으면 우리 집안에 줄초상이 날 거라고 했다.

사실 그때 우리 집안엔 남편뿐 아니라 우환이 많았다. 손아래 큰동서도 폐암으로 투병 중이었다.

나는 어머님께 남편을 좀 봐달라고 부탁하고 두 아들 몰래 비상금을 털어 200만 원을 주고 굿당으로 따라 갔다. 예전이라면 코웃음을 치고 말았을 말을 지금은 도저히 무시해버릴 수가 없었다.

생전 처음 해보는 굿은 무섭고 음산한 느낌이었다. 하지만 최
신의학으로도 고치지 못한 암을 자연에 귀의해 완치했다는 사
연들을 텔레비전 프로그램을 통해 보았던 기억이 나서 남편 병
도 호전될 수 있을지 모른다는 기대와 희망이 몽글몽글 피어올
랐다. 정말 남편에게 떨어진 액운을 막을 수만 있다면 무슨 일이
라도 할 수 있을 것이다.

음식이 잔뜩 차려진 굿당 제사상 앞에서 스님은 거의 세 시간
동안 북을 치며 염불을 했고, 알록달록한 의상으로 갈아입은 무
녀의 격렬한 춤판이 벌어졌다.

굿이 진행되는 와중에 왠지 모르게 눈물이 솟구쳤다. 목을 놓
아 울었다. 내 속에 그렇게 많은 눈물이 들어 있었다니…. 실컷
울고 났더니 답답했던 가슴이 후련해졌다.

스님은 해마다 조상굿을 해야 한다고 했다. 물론 나는 더 이상
그 스님을 만나지 않았다. 부질없는 일이라는 걸 나는 이미 알
고 있었을 것이다.

큰동서 병세도 날이 갈수록 나빠졌다. 동서가 죽으면 시어머
님과 내 남편이 줄초상이 날 것이라고 하더니, 우연의 일치였을
까? 2년 후 큰 동서가 세상을 떠나고 그 다음 해에는 멀쩡하던
작은 동서가 죽었다.

그나마 어머님은 작은 동서가 세상을 떠나고 한 달 뒤 심근경색으로 스텐트 수술을 받았지만 아직까지도 건강하게 잘 지내신다. 어머님은 예언에서 비켜갔지만 어쨌든 그 비구니 스님의 말대로 집안에 줄초상이 난 셈이다. 그리고 내 남편의 병세도 점점 나빠지고 있었다.

얇아진 귀에 다른 말이 들어와 남편을 데리고 지인과 함께 밀양으로 가기도 했는데, 거기에선 남편 홍채를 보더니 기도로 치료를 한다면서 돈을 요구했다. 너무 큰돈인데다 허황한 느낌이어서 두 번 가보고는 발길을 끊었다.

나는 원래 결혼 전부터 천주교 신자였다. 하지만 남편 사업이 부도난 뒤로는 오랫동안 성당에 발길을 끊었다. 부도, 남편의 치매진단, 동서의 폐암 투병 등 왜 우리 집안에만 이런 일이 파도처럼 밀려오는 건⋯ 신을 원망했고 믿음은 사라졌다. 나보고 전생에 나라를 팔아먹었느냐고 놀리는 지인들도 있었다.

한없이 귀가 얇아진 나는 누구나 한 가지씩 소원을 들어 준다는 말을 듣고 주말마다 성당 대신 남편과 함께 갓바위를 찾아갔다. 거의 여섯 달을 남편과 108배를 올리며 간절히 기도했다. 아이들 입시 때도 가보지 않았던 갓바위를 이제는 주말마다 남편 좀 낫게 해달라며 기도하고 매달렸다.

지금 생각해보면 참 어이없는 짓을 많이도 하고 다닌 것 같다. 무슨 짓을 해도, 아무리 기도하고 매달리고 노력해도 남편은 나아지지 않았다. 아니 점점 나빠졌다.

남편이 혼자서 대문을 열고 밖으로 나가 동네를 헤매는 날이 잦아지면서 결국 나는 주택을 팔고 앞산이 바라다 보이는 아파트로 이사를 가기로 결정했다. 그리고 그곳에서 우리는 3년 반 동안이나 산책하고 운동하며 행복한 시간들을 보냈다.

노치원에서의 전성기

남편의 첫 노치원 외출이 시작되었다.
큰아이를 처음 유치원으로 보내던 마음으로
노치원에 가는 남편을 배웅했다.
잘 적응할 수 있을까?
걱정 반, 기대 반이었다.

노치원 보내기가 제일 힘들었어요

동네 신경과의원에서 알츠하이머 치매로 의심된다는 진단을 받은 지 2년 6개월 만인 2015년 6월 말, 경북대병원 신경과에서 남편은 유전자검사, PET검사, 혈액검사, 신경심리검사, MRI, CT를 통해 알츠하이머 치매 확진을 받았다. 2년 반 동안 신경과 처방약을 한 번도 빠뜨리지 않고 복용했지만 남편의 치매 증세는 멈추지 않고 진행되었나 보다.

국민건강보험공단에 장기요양보험등급을 신청해 4등급을 받았다. 처음에는 요양보호사 자격증을 가지고 있는 가족이 가정에서 케어할 수 있다는 걸 몰라 몇 달 동안 그냥 집에서 돌보며 지냈다. 그러다 우연히 내가 일하던 요양센터에서 가족 케어에 대해 알게 되어 9월부터 가족 케어를 하기 시작했다.

내가 업무를 보는 시간과 중복되지 않게 집에서 3시간 동안 돌보는 것으로 계약을 해 남편을 돌본다. 그러면 매달 몇 십만 원 정도가 장기요양보험에서 요양센터로 지급되고, 요양센터는 내게 월급으로 지급한다.

가족 케어는 그냥 집에서 환자를 돌보며 일상을 같이 하는 것이다. 매일 함께 식사를 하고, 텔레비전을 보고, 신천둔치를 산책하기도 하고, 앞산 고산골로 운동을 하러 가기도 했다. 그리고 매달 한 번씩 동네 신경과에 가서 의사선생님에게 진료를 받고, 처방해 주는 약을 아침저녁으로 복용하도록 돕고, 또 다른 내과에 가서 당뇨 약을 처방받아 신경과 약과 같이 복용시킨다.

세 달에 한 번씩은 당화혈색소검사를 해서 약을 조절해가며 당뇨 관리도 잘 하고 있었다. 남편은 규칙적인 생활과 운동으로 혈당 관리를 잘 하고 있다면서 의사 선생님으로부터 칭찬을 받았고 남편은 꾸벅 허리를 굽히며 감사인사를 했다.

그러던 중 신경과 의사선생님이 남편을 진료한 뒤 생각보다 환자의 증세가 다른 환자들에 비해 빠르게 나빠지고 있으니 남편을 주간보호센터에라도 보내 보호자도 휴식을 좀 취해야 한다고 조언했다. 치매환자를 돌보는 것은 긴 싸움이므로 좀 분담을 해서 하라는 충고였다.

대구에는 치매환자를 전문으로 돌보는 요양병원이 거의 없다. 의사 선생님은 갑자기 입원하려고 하면 어려울 수 있다면서 미리 예약을 해 두면 당황하지 않고 입원시킬 수 있다며 도움 말씀을 해 주셨다.

나는 선생님이 너무 앞서 걱정하는 게 아닌가 하고 서운한 마음이 들었다. 처음엔 절대로 남편을 주간보호센터나 요양병원 같은 곳으로는 보내지 않을 거라고 생각했다.

그전에 이미 나는 남편의 뇌기능을 조금이라도 더 붙잡아 두고 싶어서 몇몇 기억학교에 가본 적이 있었다, 하지만 초창기여서 프로그램도 별로 없고, 그냥 낮 동안 불편한 어르신들을 돌봐주는 주간보호센터나 다름이 없었다. 더군다나 그곳에 계시는 어르신들은 대부분 경도 인지장애를 가지고 있는 나이가 많으신 분들이어서 남편에게는 부모님이나 같았다.

이렇게 젊고 멀쩡하고 스스로 잘 걷고, 잘 먹고, 잘 자고, 잘 싸는데… 그런 곳은 더 불편한 사람들만 가는 걸로 알았는데 의사 선생님은 남편을 그런 곳으로 보내는 게 어떠냐고 말하고 있었다.

나는 의사 선생님의 권유를 흘려들은 채로 남편을 집에서 계속 돌보았다. 하지만 남편은 날이 갈수록 잊어버리는 단어들이 많아졌고, 그러다 보니 거의 말없이 시간을 흘려보냈다.

하루하루가 너무나도 답답해졌고 우울했다. 아무리 노력을 해도 남편은 나아지지 않았다. 색칠 공부 노트를 사서 함께 색칠도 해보고, 남편 이름과 내 이름을 적어주고 쓰도록 하고, 방문마다 가족 이름을 써서 붙여 읽어보도록 했지만 읽지 못했다. 은행에 같이 가서 돈을 찾자며 이름을 써보라고 하면 'ㅈ'만 겨우 썼다. 더구나 하루 종일 시어머님, 남편하고만 있다 보니 나 자신이 먼저 우울해지고 사는 게 괴롭고 허무감이 들었다. 몇 달을 그렇게 지냈다.

해가 바뀌면서 무언가 생활에 변화를 주어야 한다는 생각이 들었다. 신경과 의사 선생님이 권유한 대로 우선 남편을 주간보호센터에 보내보기로 결심하고 주변에서 잘 운영되고 있는 곳을 찾아봤다.

몇 군데를 알아보다가 대구에서 가장 먼저 시작해 모범적으로 운영하고 있는 법인 주간보호센터를 소개받아 찾아보았는데, 조금 높은 곳에 있어 경관도 좋고 제법 넓은 마당과 텃밭도 있어서 육체적으로 큰 문제가 없는 분들은 텃밭을 돌보며 시간을 보내기에도 좋았다.

프로그램과 식단도 살펴보고 전시되어 있는 행사사진들도 보면서 어느 정도 분위기를 파악할 수 있었다.

나는 팀장과 상담하면서 남편을 이곳으로 보내고 싶다고 했는데, 남편이 가장 젊은 노치원생이 될 거라고 했다. 기가 찰 일이지만 팀장은 젊은 어르신을 모시게 돼 좋다며 환영한다.

다음날 나는 하루 동안 남편과 함께 주간보호센터에서 보내기로 결정했다. 10시가 다 돼 송영차량들이 도착하면서 요양보호사들이 어르신들을 한 분씩 차에서 내리시도록 도와주며 실내로 모셔왔다.

휠체어에 의지해 들어오시는 분도 계셨는데, 아침 8시 30분에 시작된 어르신들 송영에 거의 한 시간 반이 걸린 셈이다. 어르신들은 느리게 움직이며 타고 내리고 이동하시기 때문이기도 하지만 운행하는 차도 천천히 달려 시간이 오래 걸릴 수밖에 없다.

정말 유치원과도 같은 시스템이었다. 왜 노치원이라고 부르는지를 오늘 남편과 함께 와서야 깨달았다.

오늘은 내가 남편을 태워 왔지만 내일부터는 8시 40분에 우리 아파트로 가장 먼저 도착해 남편을 태우고 다른 어르신들을 모시러 갈 거라고 했다.

남편은 원래 밝고 사람을 좋아하는 성격이었다. 친구들도 많았고 집안에서는 장남으로서 사랑과 존경을 한 몸에 받으며 살아왔다. 언제나 자신보다는 다른 가족들을 먼저 챙기는 따뜻한 사람이었다. 나는 늘 남편에게 새끼부처라고 놀리곤 했었다.

그런 남편이 집안에 갇혀 외롭게 지내다가 갑자기 30여 명이나 되는 사람들로부터 환영을 받게 되자 너무나 좋아했다. 많은 사람들 속에 놓인 환경에 신이 났다.

넓은 실내엔 옆으로 길게 의자가 서너 줄로 놓여 있었고, 어르신들은 그 의자에 앉아 따뜻한 물과 함께 비타민을 복용하는 일로 일과를 시작했다. 그리고 원장님이 나와서 인사를 하고, 하루를 시작하는 노래를 부르며 박수를 치고, 앉은 채로 간단한 율동을 하며 몸을 풀었다.

여자 분들이 더 많아서 남자는 1/3 정도였다. 정말 남편은 센터에서 가장 젊은 사람이었다.

조금 뒤 간식을 먹고 선생님들의 도움을 받으며 화장실로 가시거나 배변 케어를 받았다. 그리고는 개별시간이었다. 물리치료실을 가거나 휴식을 취한다.

남편은 내가 옆에 있어서인지 불안해 하지 않고 잘 따라하며 적응했다.

어느새 점심시간이 되었다. 남편은 이가 좋지 않아 반찬을 반 다짐으로 부탁했다. 이곳에선 건강상태에 따라 일반식, 반 다짐식, 다짐식, 유동식으로 준비해 제공하고 있었다. 식사는 대부분 어르신들 스스로 하시고 조금씩 옆에서 돕는 정도였다.

식사를 마친 뒤에는 각자 선생님들의 지도에 따라 양치를 하고는 시간표에 따라 오후 프로그램을 진행했다.

센터는 규모가 큰 편이었다. 오랫동안 운영해온 곳이라 프로그램도 다양했다. 매일 오후엔 미술, 음악, 원예, 요리, 영화보기 등의 프로그램이 진행되고 외부에서 방문하는 공연단과 봉사활동을 오는 학생이나 단체들이 있어서 심심할 틈은 없는 것 같았다. 이렇게 프로그램을 하고 다시 간식을 먹고 배변지도를 하고 나서야 그날의 일과가 끝이 났다.

4시가 조금 넘자 외투를 입고 신발을 갈아 신고 집으로 돌아갈 준비를 한다. 남편도 하루 동안 잘 적응하며 지냈고 나도 지루하지 않게 잘 지켜보다가 남편과 함께 집으로 돌아왔다. 아침부터 오후 4시까지 긴장한 상태로 있다가 집으로 오니 피곤했는데, 남편도 피곤했던지 밤에는 잠도 잘 잤다.

남편은 스스로 화장실을 찾아가서 볼일을 볼 수 없는 상태다. 집에서는 3~4시간마다 화장실로 데려가 볼일을 보게 한다. 자고 일어나면 곧장 화장실부터 가도록 하고 11시, 오후 3~4시쯤 용변을 보고 저녁식사 후, 잠자리에 들기 직전에 마지막으로 용변을 보게 하면 거의 실수가 없었다.

배변활동에는 항상 신경을 써야 한다. 센터에는 오전 오후에 한 번씩만 화장실로 좀 데려다 달라고 부탁했다. 소변 횟수가 적어 돌보기에는 좋았다.

치매 어르신을 돌보는 데는 배변과 식사 케어가 가장 힘들고 시간이 많이 드는 일이다. 환자의 건강과 직접적인 관계가 있기 때문에 가장 중요한 일이기도 하다.

남편은 혼자 식사도 잘하고 배변도 어느 정도의 도움만 있으면 해결할 수 있었으므로 센터에서도 멋진 신입생이라며 환영을 받았다.

가장 젊은 노치원생

이제 남편은 노치원생이다. 평일엔 시간을 맞춰 통원해야 하기 때문에 아침엔 매우 바쁘다. 출근하는 아들 아침을 먹이고, 남편 뒷바라지에도 손이 많이 간다. 송영차량이 우리 아파트로 제일 먼저 오기 때문에 더 바쁘다.

알람과 밥솥을 7시에 맞추어두고, 일어나면 남편을 화장실로 먼저 데려가 용변을 보게 한 다음 세수를 시키고는 아들과 같이 아침밥을 먹고 양치를 하고 옷을 갈아입도록 돕는다.

남편을 노치원에 보낼 때는 언제나 편하면서도 멋있고 색깔이 밝은 예쁜 옷을 골라 입혀준다. 그래야 눈에도 잘 띄고 남편 자신도 밝은 색의 옷을 좋아하기 때문이다. 신기 편하도록 신발을 놓아주면 알아서 신고는 함께 밖으로 나가 조금 기다리면 승합차가 도착한다. 남편은 자기가 탈 차를 알아보고는 차로 간다. 그럼 선생님이 차에서 내려 남편을 반갑게 맞아주며 손을 잡고 차에 태운다. 그리고 내가 잘 다녀오라고 손을 흔들며 인사하면 남편은 환한 얼굴로 손을 흔들며 내 시야로부터 사라진다.

남편의 첫 노치원 외출이 시작되었다. 큰아이를 처음 유치원으로 보내던 마음으로 노치원에 가는 남편을 배웅했다. 잘 적응할 수 있을까? 걱정 반, 기대 반이었다.

그날 오후에 남편이 잘 지내고 있으니 걱정하지 말라는 문자가 팀장으로부터 왔다. 한 시름을 놓았다. 남편을 주간보호센터에 보낸 건 정말 탁월한 선택이었다.

그렇게 보름쯤 지나자 1월이 후다닥 지나갔다. 2월 초순이 되자 남편이 가정통신문과 다음 달 프로그램, 어르신들의 식단과 함께 1월 장기요양 급여비용 명세서를 받아 왔다. 가정통신문에는 어르신들에 대한 일반적인 건강정보와 개인 생활에 대한 기록과 특이사항 및 센터행사 사진들이 컬러로 복사돼 있었다. 학창시절 생활통지표 같은 것이다.

남편은 현재, 말하는 게 어눌하고 단어를 잊어버려 말은 잘 하지 못하지만 몸으로 하는 모든 프로그램에는 잘 참여하고 있고, 늘 다른 어르신들을 재밌게 해 주려고 장난을 치거나 짧은 농담이나 몸짓으로 분위기를 밝게 해 준다고 적혀 있었다.

그리고 매일 실내자전거를 4~50분 정도 타면서 신체기능을 유지시키고자 노력하고 있다고 안내하면서 각종 프로그램에 참여하는 사진들을 함께 보내왔다.

남편은 센터 환경에 빠르게 적응하고 있었고 특히, 외부 공연이 오면 스스로 무대로 나가서 진행자와 호흡을 맞추며 춤도 잘 춘다고 칭찬이 자자했다. 아마도 활동적으로 생활했던 과거의 편린이 발현된 것인지도 모르겠다.

센터에는 잘 적응하고 있었지만 주말엔 집에서 보내기로 했다. 갑자기 주 6일 동안 출퇴근 하는 게 부담스러울 수도 있고, 주말엔 집안 대소사를 챙기거나 친구모임에 같이 참석하는 게 좋을 것 같았기 때문이다.

낮 동안 여러 가지 활동에 적극적으로 참여하며 어르신들에게 해피바이러스 역할을 하면서 남편 스스로도 행복해 보였다. 요리활동에 참여하면서 즐거워한다는 말을 듣고는 집에서 전을 붙이기 위해 밀가루 반죽을 할 때는 일부러 남편에게 부탁했다. 그러면 신이 나서 얼른 "그래!" 하고는 열심히 젓는다.

"당신은 힘이 세서 나보다 더 잘하네? 고마워!"

남편은 대단한 일을 한 것처럼 어깨가 으쓱해진다.

집에서 돌보는 것보다 센터에 보내는 게 환자에게 더 나은 선택인 것 같다. 집에서는 하루 종일 나와 어머님뿐인데, 센터에는 많은 어르신들이 계셔서 외로울 틈이 없다. 또 다양한 프로그램이 준비돼 가만히 앉아 있을 수가 없다. 어린이집 재롱잔치,

초·중·고생들 합주부, 합창부가 공연을 펼치기도 한다. 여고생들이 봉사활동을 와 말벗을 해 주기도 한다.

외부 공연은 다채롭다. 하모니카 공연, 오카리나 공연, 국악 공연, 색소폰 공연, 노래교실 등이 열려 요양원 환자들의 정서적 안정감과 즐거움을 주고자 하는 것이다. 특히 이런 각종 공연에는 남편이 빠지면 재미가 없다고 한다. 남편이 공연 무대로 나가 흥을 불러일으킴으로써 공연에 출연자들도 신명이 나서 더 좋은 공연을 한단다.

대부분의 어르신들이 무표정한 얼굴로 그저 앉아 있을 뿐이어서 공연도 맥이 빠지기 쉬운데 남편이 분위기 메이커 역할을 하고 있는 것 같았다.

물론 남편은 말도 잘 못하고, 노래는 더욱이 모르지만 그저 흥얼거리며 박수를 치고 춤을 추며 공연을 즐기는 것이다.

남편은 공연단의 박수부대로, 어르신 마을의 스타로 댄스상과 인사를 너무 잘한다고 해서 인사상을 받아오기도 했다. 남편은 뭔지도 모르고 받아온 상장을 내가 읽어주면서 "당신이 인사도 잘하고, 신나게 잘 놀고 박수도 잘치고 춤도 잘 춰서 주는 상"이라며 칭찬을 했더니 환한 웃음이 귀에 걸렸다.

센터에서는 봄과 가을로 1년에 2번 나들이를 간다. 물론 거동이 비교적 자유로운 분들이 대상이다.

한번은 대구의 핫 플레이스인 하중도 유채꽃단지로 소풍을 갔다. 아마도 센터 어르신들 중 절반 정도가 참석하신 것 같았다. 인솔하는 요양보호사 선생님들이 승합차 2대에 어르신들을 나눠 태워 도움을 준다. 출발 전에 화상실로 대려가 볼일을 보도록 한 후 출발해 행사 현장으로 가는 길에 식당을 이용해서 외식을 하고, 2시쯤 목적지에 도착해 봄꽃구경과 강변을 산책하며 나들이를 즐겼다.

나들이를 나온 어르신들 모습은 사진으로 찍어 보호자들에게 카톡으로 보내주는데, 남편은 요양보호사 선생님들을 대신해 거동이 자유롭지 못한 어르신들을 모시고 다니면서 매우 즐거워했다고 한다.

어르신들이야 모처럼의 나들이가 즐거웠겠지만 그분들을 돌봐야 하는 선생님들 입장에선 정말 힘든 하루였을 텐데 감사한 일이다.

그날 나는 남편에게 마침 노란색 점퍼를 입혀서 보냈는데 하중도의 노란색 유채꽃과도 너무 잘 어울려 많은 사람 가운데서도 유독 눈에 띄었다. 나도 팔불출인가? 남편밖에 안 보이니….

어느 날부터인지 남편이 소화가 안 되는지 집으로 돌아오면 자꾸 배를 움켜쥐었다. 배가 아프냐고 물었더니 고개를 끄덕였다. 걱정이 된 나는 일단 소화제를 주고 다음날 병원에 데려가 진찰을 해봐야겠다고 생각했다.

다음날 송영차량이 왔을 때 인솔 선생님에게 남편이 배가 아픈 것 같아 오후에 병원에 데려가야겠다고 했더니 요즘 센터에서 한 여자 어르신 때문에 스트레스를 받아서 그럴 거라고 했다. 80대 할머니 한 분이 남편을 자기 남편으로 생각하고 자꾸 따라다닌다는 거였다. 처음에는 남편도 그냥 지나쳤는데 계속해서 심하게 따라 다니니까 아마도 스트레스를 많이 받은 것 같다고 했다. 말로 표현을 해내지 못하면서 스트레스가 쌓인 것이다.

센터에서는 가능한 두 사람이 마주치지 않게 멀리 떼 놓도록 하고, 개별 활동시간에도 마주치지 않도록 했다. 그렇게 2주쯤 남편은 복통을 앓았다. 결국 할머니가 다른 요양시설로 옮기신 뒤에야 남편의 스트레스도 사라졌다.

그런 일이 있고 난 후 남편은 건강상태가 좀 나은 5~6명의 어르신들과 함께 모범생으로 뽑혀 일주일에 한 번 시지동에 있는 치매전문 노인병원으로 가서 잔존 기능을 유지할 수 있도록 특별수업을 받고 온다고 했다.

자존심이 상하지 않는 범위 내에서 자주 질문을 하면, 자신의 의사를 자세히 표현하지는 못하지만 짧게 단답형으로라도 대답하는 훈련을 시키기도 하고, 원예치료를 했다면서 예쁜 화분에 꽃도 심어 가져 오기도 했다.

나는 아직도 그때 남편이 가져온 화분들을 남편을 보는 마음으로 잘 보살피고 있다.

센터에서는 일주일에 2~3번씩 당 체크도 하고 혈압도 재 준다. 그리고 한 달에 한 번씩 신경과 촉탁의가 내방해 진찰을 하고 약을 처방해 보내준다. 그래서 매달 두 번씩 가던 내과와 신경과의원에 가는 일도 줄었다.

남편은 주간보호센터에 잘 적응하면서 전성기를 맞고 있었다. 귀찮아하지 않고 늘 다른 어르신들을 돕고 싶어 했고, 솔선수범하는 성격이어서 다들 좋아했다.

이제는 신체능력, 인지능력, 사회적응 프로그램을 가리지 않고 적극적으로 참여하면서 지금 유지하고 있는 기능을 잃지 않도록 하는 게 목표다.

남편이 잘 적응하자 나도 덩달아 신이 났다. 꼭 아이들을 키울 때 공부를 잘하면 엄마가 힘이 나듯 그때의 내가 그랬다. 그래서 1년에 2번 있는 보호자 회의에도 빠지지 않고 참석해서 남편의 센터생활을 자세히 파악하고 선생님들께 잘 보살펴 달라고 부탁했다.

나는 집에서는 요양보호사로 남편을 돌보는 가족 케어와 낮에 주간보호센터를 이용하는 2가지 장기요양보험제도를 이용하고 있었다.

가족 케어를 하면 약 30만 원 정도의 보수를 받는다. 그 돈을 받아 주간보호센터에 장기요양급여 비용으로 23만 원 정도를 내고, 나머지 돈으로 신경과, 내과 병원비와 약값을 내면 부족함이 없다. 이렇게 장기요양보험제도를 잘 이용하면 경제적 부담 없이 얼마든지 환자를 돌볼 수 있다.

누구라도 건강하고 시간이 좀 있을 때, 가족을 위해 요양보호사 자격증을 꼭 따도록 권한다. 특히 나이가 많으신 부모를 둔 자녀나 부부 중 가능한 사람부터 먼저 받아놓으면 좋겠다. 어차피 부부 중 한 사람이 다른 배우자를 돌봐야 하는 노노 케어 시점이 오게 마련이다. 더구나 고령사회 시대인지라 가정에서 누군가를 돌봐야 할 상황이 반드시 온다.

경험자로서 장기요양보험제도를 적극 이용하도록 추천한다.

나에게 찾아온 전성기

남편을 주간보호센터에 보내면서 내 생활도 안정을 찾기 시작했다.

나도 이젠 나를 위해서 무언가를 해야 할 시점이었다. 평생 동안 직장생활하며 시부모님을 모시고 살았고, 또 남편 사업이 부도나고 모텔 사업을 시작한 뒤로는 남편을 돕느라 여가 없이 살아왔다. 나를 위한 시간은 가질 수도, 가질 생각도 못했다. 내 개인적인 모임 같은 것도 해본 적이 없었다. 그냥 남편 친구 부부 모임뿐이었다.

오롯이 나만을 위한, 내 행복을 찾기 위한 일을 찾아보기 시작했다. 그러나 시어머님을 모시고 사는 입장에서는 쉽게 할 수 있는 여건이 되지 않았다.

퇴직을 하고 2년이 흐르는 동안 남편을 돌보는 일에만 신경을 쓰다 보니 어느 날부터인가 우울한 마음이 가슴에 쟁이기 시작했다. 나만을 위한 무언가를 해야 할 때라는 건 알았지만 새로 무언가를 시작한다는 게 생각처럼 쉽지 않았다.

그 무렵 남편은 장기요양등급 재신청에서 4등급이 3등급으로 되었다. 등급이 낮아져 앞으로 3년간은 재등급 신청을 하지 않아도 된다. 하지만 이건 병이 나빠졌다는 걸 의미하고, 더 우울하고 아픈 마음이었다. 혼자 보행은 가능하지만 뇌 활동이 아주 나쁜 상태가 치매 3등급이다.

어버이날 가족들이 모였을 때, 나는 내 어깨에 놓인 짐을 나눠지자고 가족들에게 도움을 요청하기로 마음을 먹었다. 하지만 막상 가족들이 모인 자리에서는 입이 떨어지지 않았다. 모처럼 만난 좋은 자린데 무거운 이야기를 꺼낼 수가 없었다.

하지만 이대로 참으며 살기엔 견딜 수가 없었다. 나는 지푸라기라도 잡는 심정으로 막내 시누이에게 긴 편지를 썼다.

"고모야, 나 지금 너무 힘들다. 정말로 죽고 싶다. 오빠가 4등급에서 3등급으로 나빠지고 있다. 그동안 내가 어머님을 35년동안 모시고 살았으니 이제 내 짐을 좀 나누었으면 좋겠다. 그래야 점점 나빠지고 있는 오빠를 있는 힘껏 돌볼 수 있을 것 같다. 이제 다른 형제들이 어머님을 좀 보살펴 주면 좋겠다."

막내 시누이는 공부도 많이 했고 평소 지혜롭고 합리적인 사고방식을 가지고 있었다. 그래서 늘 집안일에서 교통정리를 잘

해 주는 사람이 막내 시누이였다. 철부지 막내딸이었는데 맏며
느리로 시집을 가더니 이제는 나를 가장 잘 이해해 주고 언제나
내편이 되어 주곤 한다. 큰 시누이는 지방에 살고 있어서 자주
만나지 못했기에 시집 일은 거의 시동생들과 막내 시누이와 의
논을 하곤 했었다.

며칠 후 시누이로부터 전화가 왔다. 나는 시누이 입에서 어떤
대답이 나올 것인지 좀 걱정도 되고 두려운 마음이었다.

하지만 시누이 말을 듣는 순간 울컥했다.

"언니야, 미안하다. 진즉에 언니 짐을 좀 덜어 주었어야 하는
데 그런 생각을 못했다. 오빠들과 의논해서 다시 연락할게."

사실 둘째, 셋째 시동생은 모두 상처를 한 상황이어서 어머님
을 모실 만한 집이 없었다. 그렇다고 시골에 살고 있는 큰 시누이
집으로는 어머님이 가시려 하지 않을 거였다. 막내 시누이 역시
시부모님이 따로 계시는데 친정 엄마를 모시겠다고 하기엔 우리
의 정서상 쉽지 않다.

하지만 내가 처한 사정은 찬밥 더운밥 가려가며 따질 계제가
아니었다.

며칠 후 다시 시누이가 전화를 했다. 엄마를 모시고 왜관 막
내 오빠 집으로 놀러간 다음, 어머님께 상황을 말씀드리고 다시
둘째 오빠 집으로 모시고 올 거라고 했다. 그러니 언니는 아무
것도 모르는 체 가만히 있으라고 하기에 알았다고, 그리고 고맙

다고 했다.

6월 9일, 어머님은 영문도 모른 채 평소처럼 막내 아들을 따라 왜관으로 가셨다. 막내 시동생은 왜관 전원주택에서 몸이 불편하신 장인어른을 모시며 살고 있었지만 어머님은 가끔 아들집으로 놀러가 며칠씩 머물다 오시곤 했었다.

이번에도 그렇게 아들집으로 가셨다. 그런데 며칠이 지나도 대구로 나갈 기미가 보이지 않자 어머님은 이상한 생각이 드신 모양이었다. 어머님이 대구로 빨리 가자고 닦달하자 아들은 어쩔 수 없이 그간의 사정을 얘기했고, 어머님은 펄쩍 뛰셨다.

"나는 죽을 때까지 큰 아들과 같이 살 거다. 내가 지한테 뭐라 카는데 나를 다른 집으로 보낼라 카노."

어머님의 원망은 오로지 큰며느리인 내게 쏟아졌다. 어머님은 다른 집으로 가는 걸 완강히 거부했다. 막내 아들 혼자서는 감당할 수가 없자 대구에 있는 둘째 아들과 막내 딸까지 왜관으로 달려가 어머님을 설득했다.

"엄마, 지금 언니가 오빠 때문에 너무 힘들어서, 엄마까지 같이 모시고 살 수가 없지 않겠나? 그리고 만약에 오빠가 많이 안 좋아져서 언니가 오빠를 돌보기가 너무 힘들다고 오빠와 엄마를 모두 요양원으로 보내면 우짤래? 그러니 엄마라도 언니 힘 좀 덜 들게 둘째 오빠 집으로 가자."

어머님도 어느 정도 마음이 누그러지셨는지 겨우 대답하

셨다.

"그라모 오데로 가자고?"

"둘째 오빠 집에 엄마 방 만들어 놓았다."

"그라마 빨리 가자."

어머님은 막내 딸과 아들을 따라 대구 둘째 아들 집으로 가셨다.

며칠 뒤 어머님이 둘째 시동생과 함께 옷가지와 쓰시던 물건들을 챙기러 오셨다. 인사를 드렸지만 내 얼굴을 보는 어머님 표정에는 서운한 마음이 가득 서려 있었다. 더구나 며칠 전 시누이가 어머님 방을 치우라고 해서 정리를 했더니 어머님은 내 멋대로 당신 방을 치우며 쓸 만한 것도 다 갖다버렸다고 "아이고 못됐다, 아이고 못됐다!"를 연거푸 내뱉으신다.

물론 나도 마음이 편치는 않았다. 하지만 어쩔 수 없는 일이 아닌가. 난들 어쩌란 말인가? 그래도 서로 부대끼며 살아낸 35년인데 빈말이라도 그동안 수고했다면서 내 아들 잘 부탁한다고 하셔야지… 나는 나대로 너무 속이 상해서 혼자 울었다.

나를 지켜보던 막내 시동생이 나를 달랬다.

"형수요, 엄마가 너무 갑작스런 상황이라 그러니 형수가 이해하소."

그리곤 어머님에게 "엄마, 내가 교통카드 2만 원짜리 사줄게. 형수가 별로 버리는 사람은 아니잖아."하면서 달래기도 했지만 엉망이 된 분위기는 어쩔 수가 없었다.

어머님은 옷가지와 쓰시던 물건들을 서너 보따리 챙겨서 둘째 아들 집으로 가셨다. 이렇게 어머님 문제는 막내 시누이와 가족들의 배려로 잘 해결이 되었고, 나는 남편을 더 잘 돌보리라고 다짐하면서 가족들에게 고맙다고 인사를 했다.

비록 어머님은 작은 아들 집으로 가셨지만 나는 엄마를 찾는 남편 때문에 주말마다 반찬을 만들어 어머님 댁으로 찾아가 가족들과 함께 고기를 구워 밥을 먹고 오곤 했다. 어머님도 어느 정도 새집에 적응하셨는지 편안해 보였다.

나는 시어머님이 계시니 반찬을 만들어 싸가고, 시누이는 친정 엄마가 홀로 사는 오빠와 산다고 반찬을 해오고, 또 조카딸은 혼자 사는 아빠가 할머니를 모시고 산다고 반찬을 만들어 왔다. 어머님 댁 냉장고는 언제나 우리 집 냉장고에 비하면 반찬으로 넘쳤다. 그래야 어머님도 반찬이 떨어질까 불안해하지 않으시고 잘 드신다.

어쨌든 홀아비 시동생이 고생이 많다. 하지만 어쩌겠는가? 엄마인데. 그래도 나는 시동생을 볼 때마다 고맙다고 인사한다. 지금도 우리 가족들은 계속해서 반찬을 만들어 나르고 있다.

어머님이 집에 같이 계시지 않자 나는 마음 편히 내가 하고 싶었던 일들을 시작할 수가 있었다. 남편을 아침 일찍 센터로 보내고 나면, 오후 5시가 돼 남편이 돌아올 때까지 나만의 시간이 보장된다. 우선 내가 즐겁고 행복해야 남편을 즐거운 마음으로 돌볼 수 있다고 생각했다.

우선 즐겁게 할 수 있는 취미생활을 시작했다. 매주 수요일은 내가 학창시절부터 하고 싶었던 그림을 배우기로 하고 등록을 했다.

그림 기초반이라 초기비용도 별로 들지 않았다. 4B 연필로 그리기 때문에 이젤과 연필 한 다스, 스케치북과 몇 가지의 도구만으로 시작할 수 있었다. 고등학교 때 미술시간에 그림 그려보고는 처음이라서 서툴렀지만 매 시간이 기다려지고 가슴이 뛰었다. 선생님으로부터 잘 그린다며 칭찬까지 들으니 은근히 기분도 좋았다.

나는 두 아들에게 열심히 해서 칠순 때 전시회를 할 거라고 했더니 콧방귀를 뀌었다. 그래서 더욱 열심히 그렸다. 운이 좋아서 다음해 여름에는 회원들 그림을 모아 전시회를 열게 되었는데, 아들에게 전시회를 한다고 자랑했더니 화환을 보내 축하해 주었다.

남편과 함께 내 그림 앞에서 사진도 찍었다. 남편은 나를 보고 "최고!"라고 손가락을 치켜세우며 환하게 웃었다.

우리나라는 정말 환상적인 복지국가라는 생각이 든다. 각 지역 주민센터에는 다양한 강좌들이 무료로 개설돼 있다. 악기를 배우면 두뇌와 손을 많이 써서 치매예방에 좋다고 하고, 거기에 재미도 있으니 악기를 하나 배워보자는 생각을 했다. 학창시절부터 음악을 무척 좋아하기는 했지만 옛날이나 지금이나 집안이 부유하지 않으면 예능은 전공할 수도 없다.

처음에는 기타를 배우고 싶어서 시작했다가 왼쪽 엄지손가락에 방아쇠 증후군이라는 병이 와서 포기했다. 그러다 우연히 알게 된 게 오카리나였다.

친구 아들이 음대 관악기 전공자로 우연히 오카리나에 빠져 지금은 한국에서 가장 핫한 오카리니스트로 활동하고 있었고, 친구가 아들이 전문대학에서 오카리나 전공학과를 만들었다고 자랑하면서 오카리나를 한번 배워보라고 권했던 게 계기였다.

그러나 친구 아들은 음악을 전공한 사람들이 2급 강사자격증을 따는 과정을 운영하고 있었기 때문에 나 같은 초보자가 배우기에는 정신적, 경제적으로 부담이 돼 그냥 주민센터를 찾게 되었다. 그래서 목요일에는 주민센터로 오카리나를 배우러 간다. 열심히 배우고 와서 남편 앞에서 즐겁게 연습했다.

1년이 지난 늦은 가을밤, 나는 오카리나힐링콘서트에서 예쁜 드레스를 입고 가족들이 보는 앞에서 멋지게 연주를 했다. 정말 잊을 수 없는 경험이었다. 그리고 또 월요일, 금요일에는 주민센터의 라인댄스 반에도 등록했다. 줄을 맞춰 앞에서 시범을 보이는 선생님의 동작을 신나는 음악에 맞추어 따라하면 된다. 거의 대부분 발동작이 많으며 손동작은 좀 적은 편이다.

대부분 5~60대 아줌마들이 15명 정도 모여서 한 시간 동안 신나게 운동한다. 정말 내가 이런 행복을 누려도 되는가 싶을 정도로 특별한 경험이었다. 땀을 흘리며 운동을 하니 스트레스도 날릴 수 있었다. 이렇게 1년 동안 배운 오카리나와 댄스로 매년 가을에는 동네축제에도 남편과 같이 참여하면서 2년 동안 즐겁고 행복한 날들을 보낼 수 있었다.

결국 머리를 써야 하는 중국어나 영어를 배우는 일은 포기하고 즐거움을 누릴 수 있는 춤과 악기와 그림 그리기로 나 자신의 행복을 위한 시간을 보냈다. 내게 이런 면도 있었는지 의심스러울 정도로 새삼 나 자신을 돌아볼 수 있는 시간이었다.

"그래, 항상 이런 나를 사랑하고, 감사하며 살자. 그래야 남편에게도 사랑과 행복을 줄 수 있다."

마음을 다해 다짐했다. 지금 누리고 있는 행복이 제발 오랫동안 계속되기를 빌면서.

함께여서
행복했던 날들

한 순간 뇌리를 스쳐가는 생각을 잡으며
불꽃이 사그라들었고,
나는 남편의 손을 잡고 집으로 향했다.
동쪽 하늘에 보름달이 두둥실 떠올라
나는 마음속으로 소원쪽지를 하나 더 썼다.
'남편이 지금처럼 만이라도 내 곁에 있게 해 주세요.'

치매남편과 함께 하는 소확행

남편은 비록 사람들이 두렵게 여기는 치매환자였지만 언제나 내 뒤를 졸졸 따라다니며 장난을 치는 순수한 아이 같았고, 천사와도 같은 미소로 주변을 빛내주는 존재였다.

나는 남편의 기억력이 더 나빠지기 전에 더 많은 것들을 남편과 함께 경험하면서 행복한 시간을 보내고 추억을 만들고 싶었다.

예쁜 프라하블루 색깔의 체코 도자기 세트를 산 것도 그래서였다. 함께 밥을 먹을 때마다 예쁜 그릇에 음식을 담아 먹으며 좋은 기분을 만들고 싶었다. 그러면서 내가 행복하고 사랑하는 남편과 함께하는 식사시간이 즐거웠다.

겨울이 다가올 무렵 친구가 아들을 결혼시킬 때 혼수로 받았다면서 놋그릇 자랑을 했다. 보온도 잘되고 위생적이라면서. 나도 그런 놋그릇에 음식을 담아 남편을 먹이고 싶다는 생각이 들었지만 그게 언제가 될지는 모를 일이다. 아들이 둘이나 있지만 큰아이는 결혼생각이 없다고 하고, 둘째는 천천히 생각해볼 일이라고 관심이 없으니 말이다.

하지만 꼭 아들이 장가를 들어 혼수를 받아야만 놋그릇이 생기는 건 아니지 않나. 작은 아이에게 장가는 나중에 가더라도 먼저 놋그릇은 사달라고 강요했다. 작은 아들은 못이기는 척 홈쇼핑에서 놋그릇을 주문했다.

만든 음식을 놋그릇에 담아 내놓으며 남편에게 한마디 했다.

"이게 옛날 임금님이 밥 담아먹던 그릇이야. 그럼 우리 신랑도 임금님이네?"

우리는 끼니때가 되면 놋그릇으로 밥을 먹으며 두 번의 겨울을 보냈다. 나는 남편이 내 곁에 머무는 동안 소소하지만 확실한 행복들을 함께 만들고 누리고 나누고 싶었다. 그렇게 노력했다. 계절이 바뀌면 예쁜 옷을 사 입혔다. 밝고 고운 색 옷으로.

갈아입기 어려운 헌옷들은 모두 버렸다. 새 옷을 입었다고 좋아하는 모습을 볼 수 있을 때 사 주고 싶었다. 아무것도 느끼지 못하게 되면 아무리 멋지고 좋은 옷을 사서 입힌들 무슨 소용이겠는가.

나는 살아오는 동안 동네축제 같은 것에 관심을 기울였던 적이 단 한 번도 없었다. 그런데 막상 퇴직하고 건강이 좋지 않은 남편과 늘 붙어 있다 보니 일상이 지루하고 기분이 다운됐다. 그러다 우연히 눈에 띈 게 동네축제였다. 남편과 함께 할 수 있는 일이라서 그 이후로는 우리는 축제라면 빠지지 않고 참가하곤 했다. 집에서 우두커니 앉아 있느니 이곳저곳 다니면서 경험하고 즐기도록 해 주고 싶었다. 거기에 운동까지 겸할 수 있으니 일석이조다.

구청에서 주관하는 정월대보름 달집태우기행사 공고가 났다. 어느 해인가는 조류전염병이 돌아 행사가 취소돼 아쉬웠었는데, 이번에 공고한 대로 행사가 진행된다니 일찍 저녁을 먹고 따뜻하게 차려 입은 뒤에 남편과 함께 신천 둔치로 나갔다.

날씨가 꽤 추웠지만 벌써부터 많은 사람들이 모였다. 미리 만들어둔 달집이 며칠 전부터 높은 키를 자랑하며 서 있었는데 벌써부터 누군가의 기원이 담긴 소원쪽지들이 조롱조롱 매달려 있다. 우리도 준비해 둔 소원쪽지를 매달았다.

'부디 남편 건강이 더 이상 나빠지지 않고 오래오래 함께 있도록 해 주세요.'

쪽지를 매달며 "이렇게 하면 당신도 병이 나을 거야."라고 했더니 "그렇지." 하며 환하게 웃었다.

달집태우기행사에 참여한 건 처음이었다. 식전행사로 흥겨운 농악놀이와 무명가수들의 공연이 있었고, 해가 떨어지자 달집에 불을 붙였다. 불길이 달집을 태우며 하늘높이 솟구쳤다. 타닥 타닥… 소리를 내며 달집은 제 몸을 태우며 사방으로 불티를 날렸다. 사람들이 함성을 지르고 박수치고 소원을 빌었다. 남편과 그런 모습을 너무나도 신기한 눈으로 바라보며 서로를 향해 행복한 미소를 지었다.

'언제까지 이런 행복을 누릴 수 있을까?'

한 순간 뇌리를 스쳐가는 생각을 잡으며 불꽃이 사그라들었고, 나는 남편의 손을 잡고 집으로 향했다. 동쪽 하늘에 보름달이 두둥실 떠올라 나는 마음속으로 소원쪽지를 하나 더 썼다.

'남편이 지금처럼 만이라도 내 곁에 있게 해 주세요.'

남편과 내가 살고 있는 남구에는 대구의 허파에 해당하는 앞산과 산성산, 대덕산이 있다.

대도시 복판 가까운 곳에 600미터 가까운 높은 산이 있다는 건 크나큰 행운이다. 내가 수성구 주택에서 이곳 아파트로 이사를 오게 된 이유는 바로 우리 집에서 횡단보도만 건너면 맨발산책로가 있는 고산골과 접해 있기 때문이었다.

물론 수성구는 대구의 강남이라고 불릴 만큼 주거 여건이 좋은 곳이지만 아이들이 성인이 되어 취업까지 했기 때문에 굳이 집값이 비싼 교육 중심지에 살 이유도 없었다.

나는 매일 같이 남편 손을 잡고 고산골로 산책을 가거나 운동을 하러 갔다. 산길을 걷는 게 지루해지면 신천 둔치로 장소를 옮겼다.

얼마 전부터 대구 남구청은 매달 토요일에 한 번씩 앞산 자락길 걷기대회를 개최한다. 가족, 연인, 친구 또는 단체별로 대회에 참가신청을 한 뒤에 아침에 모여 간단한 몸 풀기 체조를 하고는 출발한다. 제주에서 풍광이 아름다운 해안을 따라 올레길이 조성된 것처럼 이곳은 앞산과 대덕산 자락을 따라 만들어진 오솔길과 군데군데 넓은 임도로 연결된 아름다운 야산길이 있다. 자락길 대부분은 나무가 우거져 그늘이 드리워져 있고, 경사가 심한 곳도 없어 누구나 힘들지 않게 걷기에 좋다. 곳곳에 벤치며 운동시설이 설치돼 지루하지 않게 걸을 수 있다.

한 시간 정도 걸으면 마지막 지점에서 작은 음악회도 열린다. 그늘에 앉아서 주체 측에서 나눠주는 간단한 간식과 커피를 마시면서 음악을 듣는 시간은 그야말로 환상적이다.

우리 부부는 날씨가 좋은 봄과 가을에 주로 참가해 자락길을 즐겨 걸었다. 넓은 길이 나오면 손을 잡고 걸었고 좁은 오솔길에선 앞서가는 내 뒤를 남편이 따라왔다. 남들 눈을 의식하지 않고 함께 할 수 있어서 좋았고 횡단보도 하나만 건너면 바로 참석할 수 있어서 좋았다. 걸으며 건강을 챙길 수 있고 마음까지 행복해져 아름다운 추억의 장소가 되었다.

147

지금도 가끔씩 건강을 챙길 겸 자락길을 걸어보지만 늘 곁에 있던 사람의 부재가 너무나도 커서 마음이 텅 비고 아파 눈물이 난다. 함께 하며 행복했던 자락길이 눈물의 자락길이 되었다.

매년 초파일이 다가오면 신천 부지와 신천엔 초파일 연등축제를 위한 거대한 연등탑들이 세워져 저마다 자태를 뽐낸다. 크고 작은 불상과 탑들 그리고 12지상과 거대한 용이 꿈틀거리고, 백호가 으르렁 포효할 것 같은 위세를 뿜어내며 신천을 굽어보고 서 있다. 밤이 되면 수많은 연등들이 황홀한 빛을 머금고 신천을 밝혀 평소에는 볼 수 없는 멋진 풍경을 연출한다. 거기에 먹거리 장터까지 열려 연등구경을 하다가 출출해진 배를 간식으로 채울 수 있어 좋았다.

전야제 행사가 열리는 날, 저녁을 일찍 먹고 남편 손을 잡고 신천 둔치로 나갔다. 남편은 집만 나서면 무조건 내 손부터 잡는다. 나라고 남편 손에서 전해지는 온기가 싫을 리 없다.

불교에서 연등축제가 어떤 의미를 함유하고 있는지는 잘 모르지만 불교합창제, 스님들의 염불 등 어쨌든 연등축제를 통해 다른 종교의 의례도 볼 수 있고 불교문화를 이해할 수 있는 기회도 되니 좋았다. 보는 것만으로도 마음이 힐링 되고 즐겁다. 많은 사람들이 크리스마스를 축제로 즐기 듯 이제 연등축제도 나와 남편에게는 기분 좋은 축제다.

매년 연등축제를 참가하면서 나는 앞으로 얼마나 더 이 축제를 즐길 수 있을지 생각해본다. 부디 오래도록 우리 부부가 함께 축제를 즐길 수 있게 되기를 기도했다. 언제부터인지 모르게 내 머릿속으로 순간순간 스쳐 지나는 모든 생각들이 오직 남편에 대한 것으로만 연결된다.

대구의 여름은 유난히도 덥다. 오죽하면 '대프리카'라는 말이 생겨났을까? 6월부터 8월까지는 그야말로 적도 아프리카나 동남아시아 찜 쪄 먹을 날씨다. 그럼에도 아파트 앞으로 앞산 순환 도로가 지나고 있어서 항공기가 이착륙하는 것 같은 소음과 매연이 밀려들어 앞쪽 창문은 열 수 없다. 그래서 우리는 늘 북쪽 창문만 활짝 열어놓고 산다. 그나마 우리 아파트는 앞산과 가깝고 집이 좀 넓어서 시원한 편이다.

한창 더운 7월 말 사흘 동안, 신천 둔치에서는 열대야 더위를 퇴치하기 위한 폭염퇴치 돗자리축제가 열린다. 대구시가 주관하는 행사로 신천 둔치에 돗자리를 깔아놓고 유명가수들을 초청해 시민들이 더위를 잊고 축제를 즐길 수 있도록 하는 것이다.

초저녁 무렵 지방 무명가수나 클래식 가수들이 먼저 공연을 하면서 축제분위기를 띄우고 분위기가 뜨거워지면서 인기가수들이 출연해 절정을 이룬다. 텔레비전에서나 보던 유명가수들이 하루에도 서너 명씩 초청돼 공연을 하면 모두들 더위도 잊은 채 신천의 시원한 바람을 맞으며 박수를 치고 함성을 지르며 잠시나마 더위를 잊고 함께 축제를 즐긴다.

남편이 흥겨워하며 좋아하니 나도 덩달아 기분이 좋다. 박수를 치고 노래를 따라 부르며 한여름 밤을 행복하게 보냈다.

한여름이면 더운 날씨에 남편과 멀리 여행을 떠나는 것도 어려운 일이어서 우리는 이렇게 동네축제에 참여하며 더위를 잊곤 했다. 그동안 아무런 관심도 갖지 않았던 동네축제였건만 남편 덕분에 관심을 갖게 되고 멀리서나마 유명가수들을 보고 노래를 듣는다. 하나를 잃으니 하나를 얻는 것인가?

가족과 함께하는 날들

우리 가족들은 수십 년째 새해를 맞이하는 해맞이 행사를 해왔다. 아이들이 어렸을 때는 포항으로 해돋이를 보러 다녔는데, 여간 고단한 나들이가 아니었다.

대구 사람들은 대부분 동해안으로 해돋이를 보러 떠난다. 대개 포항이나 경주를 거쳐 감포로 간다. 가는 길이 거의 한두 곳으로 집중되면서 교통체증이 말도 못하게 심하다. 아직 캄캄한 새벽에 출발해 포항에서 해돋이를 보고 다시 돌아오는데, 평소엔 한두 시간이면 충분한 거리를 10시간 넘게 길에서 보낼 때도 있다. 어린아이들과 운전을 하는 사람은 물론이고 어른들도 힘들고 피곤한 일이다.

그 이후로 우리는 해맞이 장소를 바꿔 청도에 있는 아버님 산소로 정했다. 묘가 좀 높은 곳에 있어서 청도천과 시골마을이 내려다보여 해돋이를 보기에도 좋은 곳이었다. 왜관에 사는 막내 시동생 가족, 대구에 살고 있는 어머님을 포함한 우리 집, 큰 시동생, 막내 시누이 식구들로 이루어진 대가족이 아버님 산소를 찾아 떠오르는 해돋이를 보았다.

해맞이를 한 뒤엔 다들 큰집인 우리 집으로 모여든다. 나는 미리 준비해 둔 떡국을 끓여 같이 먹든가, 떡과 김치를 숭덩숭덩 썰어 넣은 밥국을 끓여낸다. 그리고 포도주를 한 잔씩 나누어 마시며 온 가족들이 한해의 시작을 함께 한다.

조금 힘든 일이긴 해도 새해 첫날을 온 가족들이 모여 함께 할수 있어서 좋았다.

그러다가 아버님을 수목장으로 이장해 모신 뒤로는 해맞이 장소도 바뀌었다.

워낙 효자였던 남편은 평소에도 아버님 산소를 자주 찾아가곤 했었는데, 그것도 2018년이 마지막이 되었다.

해맞이를 가기 전날 남편은 밤새도록 잠을 자지 않았다. 평소와는 완전히 달라진 사람이 돼 눈빛조차 달랐다. 침대를 두드리고, 화를 내고, 아무데나 소변을 보았다. 정말 밤을 꼬박 새웠다. 그러다가 새벽 6시가 되어서야 잠시 눈을 붙이는가 싶더니 한 시간도 지나지 않아 다시 일어났다.

아들과 함께 아버님 산소에 다녀오라고 했더니 순순히 고개를 끄덕여 보냈는데, 시동생들과 같이 가는 동안 계속해서 잠만 잤다고 한다.

결국 올해는 시동생 집에서 모였다. 남편도 시동생을 따라 어머님이 계시는 동생 집으로 갔다가 아들과 같이 집으로 돌아왔다.

올해는 해맞이 모임에 참석하지 않았다. 남편을 보낸 지 얼마 되지 않아 가고 싶지 않았다. 그리곤 산소에 가서 해맞이 행사를 하는 대신 다른 방식으로 바꾸자고 제안했다. 왠지 묘지에 가서 한해를 시작하는 해맞이를 한다는 것 자체가 별로 좋지 않은 것 같다. 어쨌든 묘지는 죽은 사람들의 세계가 아닌가. 다른 가족들 역시 다들 찬성한다.

우리 집은 가족 간에 우애가 좀 유별난 편이다. 남편이 아프다는 걸 알린 뒤로는 아주 작은 일만 있어도 다들 모였다. 모여서 얼굴을 보면 다들 즐겁다. 카톡에 단톡방도 만들어 근황을 주고받는 건 기본이다.

가족들 생일이거나 승진을 하거나 상을 받거나 하면 모여서 축하해 주고, 제사, 어머님 생신, 어버이날 행사와 같은 대소사에는 카톡방에 시간과 장소를 공지해 참석 여부를 묻고 예약도 한다.

포항에 살고 있는 큰 시누이가 초청해 가끔씩 포항 나들이를 가서 고모부가 사 주는 맛있는 회도 먹고 죽도시장과 영일대를 둘러보고 오기도 한다.

큰 아들이 경주에 있는 리조트를 예약해 우리 네 식구는 1박 2일로 경주와 감포로 여행을 다녀오기도 했다. 삼성전자에서 일하는 큰 아들은 바쁜 시간을 내 오랜만에 아빠와 하룻밤을 함께 보냈다. 오랜만에 두 아들과 같이 여행을 와서 기분이 좋은지 남편은 하루 종일 싱글벙글 웃었고 밥도 맛있게 잘 먹고 잘 잤다. 물론 다녀와서는 다 잊어버린다. 누구와 어디를 다녀왔는지조차도 기억하지 못한다.

하지만 그 순간만큼은 즐겁고 행복한 것 같다.

남편이 주간보호센터에 다니고 있던 2016년 8월 말 우리 대가족은 1박 2일 여행을 갔다. 시어머님 팔순을 기념해서 18명이나 되는 대가족이 중국 하이난으로 4박 5일 여행을 다녀온 뒤로 이렇게 우리 가족 전부가 여행을 떠난 것도 7년이나 되었다. 그동안 손아래 큰 동서가 많이 아팠고, 남편도 치매판정을 받았던지라 집안 분위기가 좋지 않아서 가까운 곳으로 나들이는 가끔 다녔어도 하룻밤을 묵어오는 여행은 여유가 없었다.

이번엔 아이들이 앞장서서 밀양의 펜션을 예약하고 어른들을 모셨다. 숙소는 숲속에 지어진 멋진 2층 통나무집이었다. 아이들은 자기들이 알아서 식사메뉴와 당번을 정해 식사준비를 했다. 모두 20명이나 돼 매 끼니를 준비하는 게 쉽지 않았을 텐데도 맛있는 음식을 준비해 어른들도 만족스러워 했다.

낮에는 근처 다리 밑 시냇가로 나가 아이들은 물놀이를 하며 놀고, 어른들은 나무그늘에 앉아 아이들이 노는 것을 보며 쉬었다. 어른들은 1층에 머물고 아이들은 2층을 사용해 하룻밤을 묵은 뒤에는 청도에 들러 온천에서 목욕을 하고 맛집을 찾아 칼국수로 저녁을 먹었다.

그때 막내 동서가 했던 말이 생각난다.

"형님, 나는 8자가 3자로 보여요. 안과에 다녀도 낫지를 않아 파티마병원에 예약해 놓았어요."

가족여행을 다녀온 뒤 서울로 가서 수술을 받은 동서는 채 두 달이 지나지 않아 저 세상으로 가버렸다.

막내 동서가 세상을 버리고 1년이 지난 10월의 마지막 날, 우리는 어머님을 모시고 막내 시누이가 예약해 둔 하동으로 가족여행을 떠났다. 나와 남편, 작은 아들이 먼저 떠나고, 시누이는 남편이 병원 문을 닫은 뒤에 출발하기로 해서 어머님과 작은 오빠와 함께 나중에 하동으로 왔다.

나중에 출발한 가족들을 기다리느라 좀 늦게 찾은 화개장터는 파장하는 분위기여서 누렁이 호박을 하나 사서 숙소로 돌아왔다. 이야기로 꽃을 피우다가 남편이 볼일을 보도록 한 뒤 잠자리에 들었는데, 다행히도 밤새 아무 일도 없이 잘 잤다.

다음날, 숙소와 가까운 쌍계사와 『토지』의 최참판 댁을 구경하고, 여수 순천만으로 달렸다. 바람에 나부끼며 장관을 이루는 갈대꽃 물결 속을 남편 손을 잡고 아들과 함께 걸었다. 지금도 남편은 그때 찍은 사진 속에서 환하게 웃고 있다.

지난해 밀양으로 가족여행을 다녀온 후 우환이 생기자 이젠 가족여행을 가는 것도 두려웠다.

남편도 하동으로 가족여행을 다녀오고, 친구들과 해운대를 다녀온 뒤로 급속히 나빠지기 시작했다. 신을 잘 신고 벗지 못하게 되었고 약도 잘 삼키지 못해서 이젠 가루로 내 숟가락에 녹여서 먹여야 한다. 옷도 제대로 입지 못한다.

매일 걷는 운동을 하는 덕분에 신체적인 면에서는 크게 나빠지지 않았지만 뇌 기능이 급격히 나빠지면서 많은 변화가 일어나고 있다.

남편은 처가 식구들과 사이가 좋았고 그래서 추억도 많다.

나는 선도 안 보고 데려간다는 7공주집 셋째 딸, 자매가 많다 보니 자주 모여 엄마를 모시고 즐거운 시간을 보낸다. 대개는 우리 자매 중에서 넷째가 팔공산 자락에서 살고 있어서 그곳에서 자주 만나곤 했다.

넷째는 음식솜씨가 좋은데다 사람 오는 걸 반기는 성격이었고, 제부 역시 형제가 없는 데다 일가친척들 또한 별로 없어서 언제나 처가 식구들이 찾아오면 버선발로 맞곤 했다.

설날 친정 엄마에게 세배를 하러 가서 만나면 다음에 만날 날을 정하는데, 첫 민남은 미나리축제다. 팔공산 맑은 계곡물로 키운 미나리를 처음 수확하는 날이 모임을 갖는 날이다.

미나리 밭에는 미나리와 삼겹살을 같이 구워먹을 수 있도록 준비를 해놓고 판매하는데, 이른 봄이면 대구 주변지역 어디에서나 볼 수 있는 풍경이다. 특히 청도 한재미나리가 유명했는데 이제는 대구 지역 어디를 가든 맛볼 수 있는 먹거리가 되었다.

우리는 이걸 미나리축제라고 명명해 매년 넷째네 집에 모여서 파티를 열었다. 건강도 챙기고 가족들끼리 우애도 다지는 것이다.

우리가 고기를 준비해 가면 넷째가 미나리를 사 깨끗이 씻어 준비해 놓는다. 처음 수확한 청정미나리는 삼겹살보다 비싸다.

저녁이 되면 동생은 잔치국수를 해서 많은 식구들을 대접한다. 미안한 마음에 저녁 먹지 않고 일찍 가려고 하면 동생은 "올 때는 마음대로 올 수 있지만 갈 때는 마음대로 못 간다. 국수를 먹어야 갈 수 있다. 국수 값은 10년 후에 정산한다."고 해서 한바탕 웃음바다가 되었다.

남편도 이런 처가 분위기를 너무 좋아했다. 처제가 많다 보니 "형부예, 형부예!" 하고 따르며 부르는 소리가 그렇게도 좋단다.

남편은 평소 처가에 정말 잘 했다. 내가 당신 부모를 모시며 고생을 한다고 나 몰래 처가를 자주 드나들며 장인 장모에게 용돈을 드리고 맛있는 것들을 사들고 가서 대접하곤 했다. 그래서 친정에선 언제나 정 서방이 최고였다. 치매 증상이 있으신 94세 친정 엄마는 다른 사람 생일은 아무도 기억하지 못하시는데 당신 생일과 정 서방 그리고 셋째 딸 생일만은 아직도 기억하셨다.

미나리축제가 끝나고 두 달도 채 지나지 않아 우리는 친정 엄마를 모시고 봄꽃 구경을 간다. 내가 꽃을 좋아하는 것은 엄마를 닮아서 그런가 보다.

팔공산 뒷자락을 따라가면 온통 벚꽃이 흐드러지고 복숭아, 배나무 과수원이다. 천지가 울긋불긋 장관을 이룬다. 엄마도 좋아하시지만 남편은 그런 풍경을 보면서 박수를 치며 감탄사를 연발했다. 덕분에 우리 자매들도 매년 꽃구경을 실컷 했는데, 꽃놀이에 지치면 외식을 하고 놀다가 헤어진다.

이렇게 봄날 꽃놀이를 즐기고 나면 초여름이 시작된다. 우리는 또다시 동생 집에 모여 상추축제를 한다. 제부가 온갖 정성으로 키운 상추와 쑥갓을 따서 삼겹살을 굽는다. 실컷 먹고 나면 생각만큼 뜯어서 집으로 가져가 이웃들과 나눠 먹는다.

한여름엔 깻잎축제, 서리가 내리기 전 고추와 고춧잎을 따는 고추축제를 마지막으로 일 년 동안의 축제는 모두 끝이 난다. 그리고 다음해 봄을 기약하며 겨울을 맞는 것이다.

친정엄마는 외아들, 며느리와 함께 살고 계시지만 맞벌이 부부다 보니 언제나 혼자 집에 계신다. 요즘엔 다리가 많이 불편하셔서 거의 집안에서만 생활하신다. 3층 빌라에 살고 계셔서 오르내리기 힘들어 바깥바람을 잘 쐬지 못한다. 그래서 딸들이 자주 들러서 엄마를 모시고 바람을 쐬어드리곤 했다. 우리는 주로 팔공산 넷 째네 집으로 가거나 가끔 합천에 있는 아버지 산소에 다녀오기도 했다.

2년 전 엄마는 당신 생일이 다가오자 "내가 살면 얼매나 살겠노. 어디 바람 쐬러가자. 내가 돈 낼게." 하셨다. 우린 연세가 워낙에 고령이시니 마지막 여행이 될지도 모른다며, 91번째 생일인 5월의 늦은 봄날 진주로 여행을 떠나 엄마가 내놓은 돈으로 봉고를 한 대 렌트해 쉬엄쉬엄 다니며 하루를 보냈다. 엄마를 휠체어에 태워 진주성을 구경하면서 남편도 처가 식구들과 함께 즐거운 하루를 보냈다.

그때 찍은 사진에서 남편은 노란색 점퍼를 입고 행복한 미소를 짓고 있다. 나는 사진을 보면서 "94세 장모도 이렇게 살아계셔서 어제도 생일모임을 했는데, 젊디젊은 당신은 뭐가 급해서 먼저 갔어?"하는 생각에 문득 화가 나기도 했다.

엄마는 연세에 비해 건강하신 편이지만 요즘엔 약간 치매기를 보이신다. 낮이면 집에 혼자 계시기 때문에 걱정이 돼 장기요양 등급 신청을 했더니 공단에서 직원이 나와 면담을 할 때는 정신이 도로 초롱초롱 맑아져 대답도 잘하시고 병원에 가서도 그러시는 바람에 치매판정은 나오지 않았다.

엄마는 평소 나이가 91세에 멈춰 있고 순간순간 기억을 하지 못하는 경우가 많다. 여행을 가자면서 내게 50만 원을 주시고는 500만 원 주었다고 하시고 약도 시간에 맞춰 챙겨 드시지 못한다.

약이 떨어질 때가 돼 병원에 모셔가려고 가보면 약이 아직 많이 남아 있었다.

그런데도 사위가 세상을 떠난 것만은 기억하고 계신다. 가족들이 모인 자리에서 엄마는 가끔 이렇게 말씀하시곤 했다.

"정 서방이 죽어서 너무 가슴 아픈데, 그래도 내 딸이 죽지 않고 정 서방이 먼저 가서 그나마 다행이야."

아마도 예전 엄마였다면 쉽게 입 밖으로 내지 못하셨을 말이지 싶다.

마지막 추억여행

나는 시어른을 모시고 살면서 직장생활을 하느라 그 흔한 계모임 하나 없이 살아왔다. 그러다보니 가깝게 지내는 친구도 적다. 모임에 나가지 않으니 누가 나와 친구를 하자고 할 것이며 전화를 하고 연락을 할까? 초·중학교 동창모임은 물론이고 여고 동창회, 대학동창회에도 나가보지 않았다.

내가 초등학교 동창회 모임에라도 나가려고 하면 남편은 이랬다.

"동창하고 살면서 매일 동창회를 하는데 뭐 하러 가노!"

한편으로는 바쁘게 살다보니 그다지 아쉬움을 느끼지도 않았다. 외부 모임이라곤 남편 대학동기회 모임을 비롯한 부부동반 모임에 함께 가는 것뿐이었다.

2016년 봄, 남편 대학동기회에서 1박 2일로 대마도여행을 갈

예정이라는 연락이 왔다. 본인의 경비는 회비에서 부담하고 부인 경비만 부담하면 된다고 했다.

남편을 혼자는 보낼 수 없어 참석하지 않겠다고 했더니 남편 친구는 "친구에겐 동기회에서 가는 마지막 여행이 될 수도 있으니 이번에는 꼭 부부 동반해서 같이 갑시다."라면서 벌써 내 여행경비까지 냈다고 한다. 어쩔 수 없이 "그러마." 했다.

남편과 함께 여행을 한다고 생각하니 걱정스러운 와중에도 마음이 설레었다. 이 사람과 언제 또다시 이런 여행을 할 수 있을까.

나로서도 퇴직을 하기 전 학생들을 인솔해 라오스로 봉사활동을 다녀온 뒤로 해외여행은 이번이 처음이었다. 치매를 앓고 있는 남편과 함께 하는 삶에서 해외 여행은 여간해서는 꿈꿀 수 없다.

아침 일찍 전세버스를 타고 부산 여객터미널에 도착한 다음, 수속을 하는 회장단에게 여권을 주고 남편에게 준비해간 멀미약을 먹인 뒤 출국을 기다리고 있을 때였다. 전광판에 기상조건이 나빠서 우리가 승선할 예정이었던 배가 출항할 수 없다는 메시지가 들어왔다.

천재지변인 셈이니 실망스럽긴 해도 어쩔 수 없는 일이다. 회장단은 어쩔 수 없이 여행이 취소되었으니 자갈치시장에 가서 점심이나 먹고 헤어지자고 했다.

남편과 함께 오랜만에 해외여행을 간다고 한껏 부풀어 있었는데… 천지신명께서도 우리를 시샘하셨나 보다.

어차피 어머님과 가족들에게는 1박 2일로 대마도여행을 간다고 나왔는데, 그냥 집으로 돌아가느니 가까운 곳에 들러 바람이라도 쐬는 게 좋겠다는 생각이 들었다.

나는 남편과 함께 아파트에 들러 차를 몰고 청도로 가 하룻밤을 묵고 운문사를 찾았다. 60여 년을 대구에서 살아왔으면서도 뭘 하느라 그 유명한 청도 운문사가 처음이었다. 조용하고 평화로운 고찰이었다. 경내를 한 바퀴 천천히 돌아보고는 산채비빔밥으로 점심을 먹고 청도와 경산 지역 이곳저곳을 여유롭게 드라이브했다. 그리곤 단 둘이서 이렇게 1박 2일로 여행을 한 적이 거의 없었다는 사실을 비로소 깨달았다.

말이 없는, 말을 하지 못하는 남편과의 여행이었지만 그래도 너무나 좋았다. 현해탄을 건너 대마도를 구경하기 위해 떠났던 여행은 대구와 가까운 청도여행으로 마무리됐다. 그래도, 대마도여행만큼이나 아니 그보다 더 행복하고 즐거운 여행이었다. 남편이 말없이, 하지만 웃으며 내 곁을 지키고 있었기 때문이었다.

남편 대학동기 부부모임을 이어온 지는 15년이 넘었다. 남편 대학동기들 중에서 친하게 지냈던 8명이 부부모임으로 시작했었다. 어쩌다가 이 모임의 회장 직을 처음 맡게 되었고 계속 모임을 이끌어 왔었다. 나는 남편의 건강이 나빠지면서 제안을 했다. 일 년에 한 번씩 하던 부부여행을 두 번씩 하면 어떻겠느냐는 것이었다. 남편에게 남은 온전한 시간이 얼마나 될지 모른다는 점을 친구들에게 설명하면서 남편에게 더 많은 추억을 만들어주고 싶다며 양해를 구했다.

모두들 흔쾌히 받아들였다.

추위가 아직 가시지 않은 봄날이었다. 포항 칠포해수욕장 인근으로 이사한 친구로부터 집들이 파티를 하자는 연락이 왔다. 우리는 고기를 준비해 갔고, 친구는 불을 피워놓고 우리를 기다리고 있었다. 밤이 이슥하도록 고기를 구워먹으며 학창시절 추억으로 질펀했다. 남편은 말 한마디 섞지 못하면서도 무엇이 그리 좋은지 얼굴에서 웃음이 떠나지 않았다.

하룻밤을 친구 집에서 보내고, 다음날 아침 해수욕장 모래사장을 걸으며 오랜만에 남편과 함께 데이트를 했던 시간들이 떠올라 즐거웠다. 남편과 함께 하는 시간들이 이렇게 흘러가고 있었다.

봄이 지나가고 여름이 되면서 다들 휴가날짜를 맞춰 충청도 괴산의 펜션을 예약해 1박 2일 힐링 여행을 떠나 고기파티를 했고, 속리산 법주사를 들렀고, 2017년 1월엔 동해안으로 게를 먹으러 갔고, LG에 다니는 조카가 예약해 준 LG연수원에 묵으며 사우나로 온천욕을 갔다. 남편은 친구들이 데려가 보살폈다. 이제는 혼자서 할 수가 없는 상태라서 도움이 필요했다.

연수원이 모두들 묵기에 좁아서 우리 부부는 친구들이 배려해 줘 연수원에서 자고, 친구들은 모두 콘도로 갔다. 나는 남편 덕분에 여행을 가면 늘 특별대우를 받아 같은 방을 배정받고, 친구들은 매번 신혼부부 대우를 해 준다며 놀린다. 그래도 남편은 싱글벙글 웃는다.

6월 중순, 남편 포항 친구가 2박 3일로 강원도로 부부여행을 가자고 제안했다. 동해시에 있는 수자원공사 달방수련원을 예약해 뒀다고 해서 친구의 승용차로 함께 떠났다.

대구에서 꽤나 멀었지만 새로운 풍경을 구경하느라 지루한 줄도 몰랐다. 남편도 내가 곁에 있으니 정서적으로 안정이 되는지 졸지도 않는다.

수련원에 도착한 우리 부부는 2층을 쓰고 친구 부부는 1층을 썼다. 마치 숲속에 있는 외국의 유명 관광지 같은 리조트였다. 수자원공사에서 건설한 댐 아래쪽에 위치하고 있었는데, 장마철이라 날씨가 궂은 걸 **빼면** 공기도 맑고 한적해서 멋진 곳이었다. 더구나 투숙객은 우리밖에 없었다.

다음날에는 난생처음 정선 강원랜드에도 가보고 우중에도 동해시 이곳저곳을 돌아보았다. 하루 종일 퍼붓는 빗속에서 우리 부부를 데리고 다니는 친구가 고마웠다.

돌아오는 날에는 비도 그치고 날씨가 좋아져 삼척에서 해변을 달리는 레일 바이크를 타면서 사진을 찍었다. 남편은 힘껏 바퀴를 밟으며 나를 향해 웃었다. 남편에게 아낌없는 칭찬을 해 주며 나 또한 힘껏 페달을 밟았고, 우리는 나란히 앉아 앞을 향해 달려 나갔다.

강원도 여행을 다녀온 지 2달 만에 친구들이 광복절을 끼워 여름휴가를 받았다며 연락이 왔다. 이번에는 포항 친구가 서울 곤지암 LG연수원을 예약해 두었다고 했다.

곤지암 리조트는 유명한 화담 숲에 있다. 서울 시민들이 즐겨 찾는 곳이라고 했다. 준비해간 재료들로 음식을 해서 끼니를 해결하고 밤에는 리조트의 야경을 즐기며 밤늦도록 흥겨운 시간을 보냈다. 친구의 손녀딸이 같이 왔었는데, 아이를 좋아하는 남편은 말은 못해도 같이 놀아주며 행복한 얼굴이었다. 우리 아이들도 어서 장가를 가 손주를 보면 아빠가 얼마나 좋아할까?

물론 나는 결혼을 하지 않는 아이들을 걱정하지는 않는다. 결혼은 행복하게 사는 여러 방법 중 하나를 선택하는 것뿐이고, 나는 그저 아이들이 행복하기만 바랄 뿐이다.

다음날은 케이블카를 타고 산으로 올라가 화담 숲을 구경했다. 숲이 너무 넓어서 60이 넘은 우리들로서는 걷기에 좀 무리였다. 산등성이를 지그재그로 순환하며 운행하는 케이블카를 타고 전망을 구경한 뒤 숙소로 오기 전에 친구에게 부탁해서 남편을 화장실로 보냈다. 고속도로 휴게소에는 장애인 화장실이 있어서 남편을 도와 볼일을 볼 수 있는데 그곳엔 장애인 화장실이 보이지 않았다.

갑자기 남자화장실에서 비명소리가 났다. 나는 깜짝 놀라서 남자화장실로 들어갔다. 친구 손에는 변이 묻어 있고 남편은 소변기 앞에서 바지를 내린 채로 굳어 있었다. 아마도 남편이 소변을 보다가 실수를 한 것 같았다. 뒤에서 바지를 내려 잡아주고 있던 친구가 날벼락을 맞은 것이었다.

가끔씩 남편은 이런 실수를 했다. 나는 얼른 남편에게 다가가 자존심이 상하지 않게 괜찮다고 등을 두드려주며 변기에 앉혀 변을 보게 하고는 휴지로 뒷정리를 해 주었다. 그리고 친구에게 사과하면서 다른 사람들이 들어오기 전에 뒷정리를 했다.

세면대에서 손을 씻으며 친구는 남편이 이 정도인 줄 몰랐다면서 시설에 보내는 것도 한번 고려해보라고 조언했다. 나는 생각해보겠다고 대답하면서 웃었다. 숙소로 돌아와 곧장 샤워를 시키자 남편은 아무 일도 없었다는 듯 밝고 즐거운 표정이었다.

그해 겨울 연말이 가까워오자 남편 서울 친구가 해운대에 콘도를 예약했다면서 송년회를 하자고 했다.

자주 보는 친구들인지라 남편은 신이 났는지 얼굴 가득 웃음 꽃이 피었다. 콘도에 짐을 풀고 태종대에서 배를 타고 한 바퀴 돌며 구경을 했고, 국제시장과 자갈치시장도 구경하며 저녁을 먹었고, 자갈치시장에서 사온 회를 안주로 술잔을 기울이며 친구가 준비해온 휴대용 노래방기구로 밤새 흥겨웠다.

남편은 춤추고 박수치며 얼마나 잘 노는지 나는 그런 남편 사진을 찍어서 가족 카톡방에도 올렸다. 친구들도 남편을 보며 모두 기쁜 얼굴이었다. 이럴 때 남편은 더 이상 치매환자가 아닌 것 같다. 밤이 깊어 남자들은 거실에서 자고 부인들은 방에서 잠을 잤다.

나는 잠자기 전에 남편을 화장실로 데려가 볼일을 보게 했는데, 대변을 보지 않았다. 하루에 한번은 보아야 하는데….

사고가 터진 걸 알게 된 건 다음날 아침이었다. 대변실수를 한 것이다.

나는 친구들을 모두 콘도 사우나로 보내고 남편을 욕실로 데려가 깨끗이 씻기고, 문을 활짝 열어 환기를 시키고, 이불을 비벼 빨며 정신없이 뒷정리를 했다.

집에서는 이런 실수를 거의 하지 않는데 환경이 달라지면 이렇게 실수를 한다. 지난여름 공중화장실에서도 소동이 일어났는데, 이번에 또다시 이런 일이 벌어졌다.

이것이 친구들과의 마지막 여행이 될 것 같다는 생각이 들었지만 남편은 아무 일도 없었던 것처럼 여전히 해맑은 미소로 친구들과 해운대 해변을 거닐고 있었다.

친구들과 헤어져 집으로 돌아오면서 나도 모르게 기분이 가라앉고 눈물이 났다. 이제 더 이상 친구들에게 피해를 주어서는 안 되겠다는 생각이 들었고, 대학동기 모임에도 보내지 말아야겠다는 생각도 들었다.

폭군으로
변해버린 남편

정말 남편은 세 살배기 아이처럼 말 잘 듣고,
순하고 착한 아이 같았다. 늘 나를 졸졸 따라다녔다.
내가 주방으로 가면 주방으로, 안방으로 가면 안방으로,
거실로 가면 거실로,
잠시도 내 곁을 떠나지 않고
눈에 보이지 않으면 두리번거리며 찾았다.

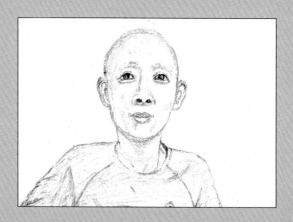

예쁜 치매에서 폭력적인 치매로

2018년은 무척이나 힘겨운 해였다. 치매증세가 급격히 나빠진 남편은 이제 가족들을 힘겹게 만들기 시작했다. 밤이 깊어도 잠을 자지 않고 이상한 행동을 하며 지새웠고, 그러다보니 체중이 56킬로그램까지 빠졌다. 날씨가 추워 운동을 하러 가지 못해서인지 당 수치도 250 이상으로 올라갔다.

아침에 일어나면 가장 먼저 남편을 화장실에 데려가기 위해 달랜다. 같이 들어가서 바지를 내리라고 하면 남편은 무엇을 어떻게 해야 하는지 모른다. 옆에서 속옷을 내리도록 도와줘 소변을 보도록 하고, 수돗물을 틀어 손을 씻도록 하고 세수를 시켜서 수건으로 닦아주고는 화장실을 나온다.

양말을 건네주고 신으라고 해보지만 잘 하지 못한다. 내의를 양말 속에 집어넣어 주고 앞뒤를 바로 맞춰 바지를 입도록 하면 겨우 입는다. 그리고 밥을 먹자고 하면서 식탁으로 데려간다.

하지만 늘 앉았던 자신의 자리에 이제는 스스로 앉지 못한다. 의자에 앉혀 주고 턱받이를 둘러 준 다음 밥을 비비거나 국에 말아서 주면 혼자서 겨우 떠먹는다.

좀 흘리더라도 밥은 스스로 먹도록 한다. 그냥 밥과 반찬을 따로 주면 거의 반찬을 먹지 않고 맨밥만 먹는다. 그래서 반찬을 숟가락 위에 올려주기도 한다. 젓가락을 적절히 사용하지 못하고 숟가락으로만 먹는다.

식사가 끝나면 바로 양치를 해야 한다. 그러지 않으면 입속에 있던 음식찌꺼기를 끄집어내 집안 아무 곳에나 버린다. 사람 눈에 잘 뜨이지 않는 소파 밑, 의자 뒤, 창문턱 같은 곳이다.

대충 양치를 끝내고 거실로 나와 텔레비전을 좀 보다가 아침약을 먹이고는 외투를 입혀 주간보호센터 통학버스 알람이 울리면 데리고 나가서 버스에 태워 보내면 내 아침일과가 끝난다.

아침에 일어나서 차량에 태울 때까지 2시간 정도에 불과한 시간이지만 마치 한바탕 전쟁이라도 치르는 것처럼 정신없는 시간이고 스트레스를 받는다. 그저 '더 심하지 않아 다행이다. 그래도 혼자서 걸을 수 있음에 감사하자.'는 말을 수없이 되뇌며 나를 위로하는 시간이다.

용변처리, 양치질, 수저질도 잘 못한다. 혼자서 옷도 입지 못한다. 하지만 텔레비전을 보면서 좋은 사람, 나쁜 사람은 잘도 가려낸다. 흥겨운 노래가 나오면 힘차게 박수를 치면서 즐거워

한다.

지치지도 않고 잘 걷지만 단어를 거의 다 잊어버려서 몇 시간을 같이 있어도 말을 하지 않고 대화가 거의 되지 않는다.

그래도 지금까지는 흔히 말하는 예쁜 치매라서 곁에서 도와주기만 하면 일상생활을 하는 데 별 문제가 없었다. 언어장애가 가장 심하게 나타난 경우라서 오래 전부터 의사표현은 거의 못하고 있었지만 어린아이마냥 언제나 잘 웃고 말도 잘 듣고 잘 먹고 잘 자고 잘 배설하고 누구를 봐도 인사도 잘하는, 예의바른 초로의 신사였다.

무엇이든 도와주면 싫다고 하지 않았다. 약도 갈아서 분말로 만들어 물에 타서 주면 잘 먹고, 샤워도 하자고 하면 잘 씻고, 물론 가끔씩은 치약을 삼키기도 하지만 양치도 옆에서 컵에 물을 받아주면 입안을 헹구고 뱉고, 또 어쩌다 실수를 하는 경우가 있지만 변기에 앉아서 대소변을 본다.

저녁에는 같이 텔레비전을 보면서 신나는 노래가 나오면 박수를 치고 흥얼거리며 따라 부르기도 한다. 그러다 소파에서 졸리면 안방으로 데려가 자자고 하면 잘 잤다.

정말 남편은 세 살배기 아이처럼 말 잘 듣고, 순하고 착한 아이 같았다. 늘 나를 졸졸 따라다녔다. 내가 주방으로 가면 주방으로, 안방으로 가면 안방으로, 거실로 가면 거실로, 잠시도 내 곁을 떠나지 않고 눈에 보이지 않으면 두리번거리며 찾았다.

남편이 2017년 12월 31일 밤부터 180도로 변했다. 갑자기 밤에 잠을 잠시도 자지 않고, 모든 것을 거부하기 시작했고 눈빛이 바뀌어 폭군이 되었다. 약을 먹자고 하면 손으로 물컵을 밀쳤고, 소변을 아무데나 보았다. 옷을 갈아입히려고 하면 버텨서 벗기는 것도 힘들었지만 나를 힘껏 밀쳐버리기 시작했다. 침대에 앉혀 양말을 신기려고 해도 발로 차서 나는 뒤로 벌렁 나자빠진다.

다시 일어나 재빨리 옷을 입히고 양말을 신겨서 식탁으로 밥을 먹으러 가자고 해도 이제는 말을 잘 알아듣지도 못하고 아무 반응이 없다.

식탁으로 식사를 하도록 하고, 양치를 시키는 것도 여간 어려운 일이 아니다. 치약을 삼키고 양치물을 삼키는 것도 그렇지만 옆에서 뱉으라고 할라 치면 나를 확 밀쳐버린다.

겨우 준비를 끝내고 시간 맞추어서 주간보호센터 버스가 오면 같이 밖으로 나가는데, 신을 신기는 것도 쉽지가 않다. 구부려서 신겨야 하는데 나도 2년 전부터 무릎 관절이 아파서 잘 구부리지 못한다.

주간보호센터에서도 이제는 남편이 매사에 간섭을 하고 폭력적인 행동을 해서 중재가 필요하다고 했다. 신발이나 어떤 물건에 집착하고 잡지를 주면 찢고 간혹 옷을 벗으려고도 한다고 했다.

집에서도 자다가 매일 속옷을 벗어버리고 기저귀는 아예 채울 수도 없고 채워도 금방 벗어버리니 밤마다 두세 번씩 소변을 이불에다 본다.

감당을 하기가 힘들었다. 대변실수도 잦아지기 시작했다. 변기에 앉혀두고 잠깐 주방에 다녀오면 대변을 손에 쥐고 있기도 했다. 침대 위에서나 화장대나 김치 냉장고에나 아무데나 소변을 보기도 한다. 잠시만 눈을 돌리면 사고가 일어난다.

밤에는 잠도 자지 않고 꼬박 새운다. 침대 위에 앉아서 발로 침대를 쿵쿵 굴리기도 하고 벌떡 일어나서 거실로 나가기도 한다. 침대 위에 피크닉 매트를 깔고 그 위에 이불을 펴고 자지만 매일 이불을 다 적신다.

성격 변화와 더 이상한 행동들

날이 갈수록 폭력성을 띠고 점점 더 이상한 행동들을 반복적으로 했다. 생각다 못해 남편을 주간보호센터에 보내고 나서 남편이 진료를 받고 있던 신경과로 가서 의사선생님을 만나 상담을 했다.

치매환자는 병의 진행상태를 예측할 수가 없다고 했다. 이렇게 180도 다른 행동 양상을 보이면서 또 한 단계씩 나빠진다고 했다.

난폭한 행동과 불면증 등에 대한 약을 처방받아 왔다. 신경안정제와 졸피뎀이라는 수면제였다.

처음 며칠간은 5~6시간씩 잠을 자더니 며칠 후부터는 수면제도 듣지 않았고, 신경안정제를 먹이니 낮에는 기운이 없이 처지면서 자꾸 졸고 있다면서 담당 요양보호사 선생님이 걱정을 하셨다. 낮에 졸면 또 밤에 안 자고 힘들 거라면서.

남편의 증세가 이렇게 나빠지고 보니 화장실에 갔다가 불을 끄지 않는다고 야단치던 때가 그립고 그때가 좋았다는 엉뚱한 생각이 들었다.

그나마 낮 시간 동안에 조금이라도 쉴 수 있어 다행이었다. 그러나 오후 5시 이후 남편이 센터에서 집으로 와서부터의 일이 문제였다.

우선 집으로 오면 화장실로 데려가 변기에 앉혀 대소변을 보게 한다. 그리고는 다시 앞산으로 같이 운동을 나간다. 그래도 그 시간이 가장 행복하고 편안한 시간이다.

지금 상태에서 남편이 제일 잘하는 것은 걷기다. 이곳 아파트로 이사를 온 지 4년째 계속해서 걷기를 하고 있다.

다시 집으로 돌아와서 저녁을 먹고는 긴 전쟁이 시작된다. 이제는 텔레비전을 시청하지도 않고 집중도 못한다. 연속극을 보다가 주인공이 싸우거나 큰소리치는 장면이 나오면 실제상황으로 알고 같이 화를 내며 화면 속에 나오는 배우를 때리려고 한다. 그래서 요즈음엔 항상 가요무대와 같은 음악 프로그램만 본다. 원래 흥이 많은 사람이어서 노래가 나오면 같이 흥얼거리고 박수를 치며 좋아했다. 그런데 요즘에는 그것마저 집중을 못하고 박수도 한두 번 치고는 만다.

의미 없이 손톱으로 마룻바닥을 문질러 손가락 끝이 다 갈라

져서 피가 난다. 그리고 눈 깜빡할 사이에 헬스자전거를 번쩍 들어 다른 곳으로 가져가기도 하고 쇼파 앞 탁자도 들어서 다른 곳으로 옮긴다.

혹 이러다가 떨어뜨려서 다치기라도 할까봐 걱정이 돼 말리면 버럭 화를 내며 달려든다. 그러다가는 또 현관으로 가서 운동화를 가지고 놀기도 하고, 벗어놓은 옷을 가지고 놀기도 하다가 책을 찢기도 한다.

늦은 밤이 되어도 잘 생각을 하지 않는다. 자자고 같이 침대에 누워도 벌떡 일어나 침대를 쿵쿵 발로 차거나 침대에서 일어나 뛰어내리려고 한다. 이런 이상한 행동을 하며 밤을 꼬박 새운다. 이제는 잠을 자자고 달래기만 해도 화를 낸다. 아무데나 가서 소변을 보려고 해서 기저귀를 채우려고 해도 가만히 있지도 않고 새벽에는 입고 있던 팬티까지 벗어버린다.

이런 일들이 두 달간 계속되었다. 나는 매일매일 밤을 새우고 낮에는 소변에 찌든 이불 빨래를 해야 했다. 취미생활을 그만 둔 지는 오래전의 일이 되었다.

작은 아들이 같이 살고 있었지만 직장생활을 하는 아들이 엄마를 도와 아빠를 돌볼 수 있는 상황은 아니다. 가끔씩 밤을 새우는 엄마를 도우려고 하지만 출근을 해야 하는 아들이 신경 쓰여 등을 떠밀어 재웠다.

신경과에서 신경안정제와 수면제를 처방받아 복용시켰지만 며칠이 지나자 약도 소용이 없었다. 내가 좀 큰소리로 말하거나 잔소리를 하는 걸 제일 싫어한다. 아프지 않았을 때도 잔소리를 제일 싫어했다. 잔소리를 하다가도 남편이 "시끄럽다."는 소리를 두 번 하면 멈춰야 했었다.

지금 남편은 과거 부도가 났던 고통스러웠던 시기의 기억에 집착하고 있거나 부도 후 도피생활을 할 때의 불안과 공포가 뇌리에 머물러 있는지도 모르겠다.

그렇게 말이 없던, 아니 말을 못했던 사람이 갑자기 알아들을 수도 없는 말을 밤새도록 하면서 내게 무언가 대답을 요구한다.

내가 대답하지 않으면 화를 내면서 폭력을 행사하려 한다. 이렇게 이상한 행동들을 반복하면서 변해가는 모습을 보는 것이 너무 힘들고 무서워지기 시작했다. 작은 아들이 곁에 있을 때는 그나마 좀 나은데 혼자 있을 때는 무슨 일이 일어날까 두렵기도 하고 감당이 안 된다. 힘들어 하는 엄마를 지켜보는 아들 또한 힘들었을 것이다.

결국 설날 가족들이 모인 자리에서 아들은 아빠를 요양원으로 모시겠다고 선언을 했다. "아빠는 어쩔 수 없이 이런 병에 걸렸지만 우리는 부모를 다 잃고 싶지 않다."며 더 이상 엄마를 힘들게 해서는 안 된다고. 엄마는 절대로 아빠를 요양원으로 모시겠다고는 하시지 않을 거니까 우리가 먼저 이런 결정을 내렸으니, 엄마도 두 아들들의 결정에 따라주셨으면 좋겠다고 했다.

나는 겉으로는 안 된다고 얘기를 했지만 어쩌면 속으로는 이렇게 먼저 얘기를 해주기를 바랐는지도 몰랐다.

우리는 집으로 돌아와 말없이 제각기 방으로 들어가 울었다. 남편은 내가 우니까 이유도 모른 채 같이 울먹였다. 정말 이러지도 못하고 저러지도 못하고 기가 막힐 뿐이었다.

'그래, 폭력성이 좀 사라질 때까지라도 요양원으로 모시자.'

창살 없는
감옥

아들은
"엄마, 울고 싶으면 소리 내서 실컷 울어라.
눈치 보지말고." 하더니 방파제 끝으로 가버렸다.
나는 그동안 참았던 울음을 터뜨렸다.
목 놓아 엉엉 울었다.
아직도 바닷바람은 칼날 같았고,
높은 파도는 내 울음소리를 삼키면서
제 설움이 더 크다고철썩 철썩 더 크게 울었다.

요양원으로

현대사회는 well-being에서 well-ageing으로 이젠 well-dieing을 준비한다.

우리가 이 세상을 떠날 때 많은 사람들이 어떤 일을 못해서 후회하기보다는 가까이 있는 사람들에게 더 잘해 주지 못한 것 때문에 후회한다고 한다. 나 역시 지금까지 살아오면서 가장 후회하는 일이 남편을 요양원에 입원시킨 일이다.

'힘들더라도 조금만 더 견뎌 볼걸.'

2018년 3월 1일 두 아들과 같이 남편을 데리고 11시쯤 요양원으로 갔다. 남편은 어디로 가는지도 모른 채 우리를 따라 요양원으로 왔다.

남편은 폭력성 때문에 당분간은 1인실을 배정받았다. 요양원은 지난해 오픈을 해서 건물도 깨끗하고 냄새도 나지 않아 좋았다. 다만 방마다 나무문으로 닫혀 있어서 밖에서 내부가 잘 보이지 않아, 남편처럼 보살핌이 많이 필요한 치매환자에게 좋은 구조는 아닌 것 같았다.

적응하는 데 시간이 필요하다면서 앞으로 한 달 정도는 요양원에 면회도 오지 말라고 했다. 그러겠다고 약속은 했지만 지킬 수 있을지는 의문이었다.

점심식사가 나왔다. 복도에 있는 식탁에서 나는 남편의 식사 수발을 들었다. 나도 모르게 눈물이 나왔다. 밥 한 그릇에 무슨 국인지 모르겠지만 국 한 그릇, 그리고 다진 반찬 3가지가 전부였다. 그래도 남편은 서툴지만 스스로 떠서 밥을 먹었다.

식사가 끝나고 가져간 옷가지와 세면도구 등을 서랍장에 챙겨 넣어주고는 "며칠 있다 올게요. 그동안 밥 잘 먹고, 잠 잘 자고 선생님 말씀 잘 듣고 있어요." 라는 말도 다 못하고 방을 나왔다.

남편은 자신이 있는 곳이 어딘지도 모르고 혼자 남겨진 것도 모른 채 고개를 푹 숙이고 아무 반응이 없었다.

1층 사무실로 내려가서 서류를 작성하고 준비해간 남편 소개서를 몇 부 복사해달라고 해서 요양보호사 선생님들께 드리며 남편을 잘 보살펴달라고 부탁했다. 그리고 남편을 홀로 남겨두고 요양원을 나섰다.

눈물이 앞을 가려 아무것도 보이지 않았다. 말없이 두 아들과 집으로 돌아왔다. 벌써 남편이 보고 싶어졌다. 하지만 어제 밤에도 잠을 자지 못했던 터라 낮잠을 조금 잤다.

저녁이 되어 점심 겸 저녁으로 떡국을 해서 먹고 큰 아들은 직장이 있는 천안으로 갔다.

온 집안이 텅 비어버린 것 같다. 나는 중간에 깨지 않고 실컷 잠을 자기 위해 처음으로 남편이 먹던 수면제를 한 알 먹고 깊은 잠을 청했다.

일주일이 지나고 주말이 되었지만 요양원에는 가지 않았다. 늦게 일어나 울산으로 바람을 쐬러 가자는 작은 아들을 따라 무작정 나섰다. 한참을 달려 방어진에 도착한 우리는 약속이나 한 듯 아무 말 없이 방파제로 걸어갔다.

아들은 "엄마, 울고 싶으면 소리 내서 실컷 울어라. 눈치 보지 말고." 하더니 방파제 끝으로 가버렸다. 나는 그동안 참았던 울음을 터뜨렸다. 목 놓아 엉엉 울었다. 아직도 바닷바람은 칼날 같았고, 높은 파도는 내 울음소리를 삼키면서 제 설움이 더 크다고 철썩 철썩 더 크게 울었다.

한참을 울고 났더니 가슴이 좀 뚫리는 것 같았다. 아들과 점심을 먹고 다시 바닷가를 산책하다가 대왕암공원을 들러 다시 대구로 돌아왔다.

다음날, 남편 없는 첫 일요일이었지만 남편의 흔적은 여전히 여기저기에 남아 있었다. 많이 오염된 이불은 버리고 남은 이불과 옷가지들을 세탁하며 남편을 잊기 위해 더 일에 열중했다.

새로운 한 주가 시작되었다. 나는 그동안 미뤄왔던 치과, 정형외과를 다녀오고, 염색을 하러 미용실에도 다녀왔다.

주말이 되자 남편이 보고 싶어서 집에 있을 수가 없었다. 원장은 오지 말라고 했지만 나는 간식을 준비해서 오전에 아들과 같이 요양원으로 갔다.

남편은 나와 아들을 보고도 아무런 반응이 없었다. 일주일 동안 잘 지냈다고 요양보호사 선생님이 우리를 안심시켰다.

점심이 나와서 옆에서 밥 먹는 것을 돕고 오랜만에 운동도 시킬 겸 남편과 같이 요양원 옆에 있는 조그만 사찰로 산책을 갔다. 이틀 전에 7.5센티미터나 되는 눈이 와서 아직도 녹지 않고 있었다. 남편은 신기한 듯 눈을 밟으며 그제야 얼굴에 미소를 띠었다. 오랜만에 보는 남편의 웃는 모습이었다.

30분 정도 산책을 하다가 다시 요양원으로 데려다주고 집으로 왔다. 남편은 같이 가겠다면서 떼를 쓸 줄도 모르고 그냥 내가 "다음 주에 또 올게. 잘 있어요." 하니까 고개만 끄덕였다.

요양원에 가지고 갔던 남편의 소개서다. 나는 그곳에서 남편이 무시당하지 않고 더 많은 관심과 보살핌을 받을 수 있도록 자세한 소개서를 준비해서 가지고 갔다. 의도적으로 배우자의 전 직업과 아이들의 직업도 적었다.

정창웅 씨 소개서

1952년 1월 8일생

* 단국대를 나와 중소기업을 운영했다.
* 1981년 1월 결혼하여 2남을 두었음. 가부장적이고 고집이 세다. 그러나 마음은 여리고 곱다. 부모님과 같이 한집에서 15년 동안 행복하게 잘 살았다.
* 1994년 아버님이 돌아가시고 1995년 부도 후 가족과 오랫 동안 떨어져 살며 많이 힘들고 외로웠을 거다. 그래도 열심히 살았다.
* 2002년부터 모텔을 운영해왔다.
* 2012년 12월 알츠하이머성 치매의심 판정을 받고 약을 복용하기 시작.
* 2013년 8월 모텔사업을 정리했다.
* 2014년 2월 배우자가 교육공무원직을 퇴직하며 남편을 돌보기 시작.
* 2016년 9월 지진이 일어났던 날 실종되어 2박 3일 만에 길거리에서 지인과 마주쳐 찾음.
* 2016년 1월부터 지금까지 약 2년 2개월 간 주간보호센터에 다님.

가족관계

배우자, 큰아들(미혼, 삼성전자 근무), 작은아들(미혼, 청운신협 근무), 모친 생존(90세), 누님, 여동생, 남동생 둘.

정창웅 씨의 현재 상태

* 치아가 아래 세 개만 있어 음식은 다짐으로, 약은 먹여 주어야 함.

* 양치, 세수, 샤워, 머리감기 ; 혼자 못함.

* 옷 입고 벗기 혼자서 못함.

* 대소변 ; 기저귀는 차지 않고 있으나 스스로 해결 못함. 시간을 맞춰 보도록 유도. 집안에서 화장실, 거실, 안방 등을 모름.

특이행동

* 말은 별로 없으나 잔소리를 싫어함. 잔소리를 하면 폭력적이 됨.

* 밤에 수면 중에 하의를 모두 벗음. 기저귀도 벗어버려서 소변을 자주 봄.

* 텔레비전은 음악만 틀어줌. 폭력적인 장면이 나오면 흥분하고 폭력적이 됨. 흥이 많아 공연이 나오면 같이 박수치고 어울림.

* 가끔씩 나(배우자)를 엄마라고 부름. 평소에는 화풀이 대상(?)으로 아는 것 같음. 아들이나 가족들을 잘 모름.

반복되는 입원과 퇴원

3월 18일 오전, 남편을 보러 요양원에 가려고 준비하고 있는데 요양원으로부터 전화가 왔다. 남편이 아침에 침대에서 떨어져서 병원으로 가고 있으니 바로 병원으로 오라는 것이었다. 너무 놀라서 우선 큰 시동생에게 전화를 하고 병원으로 갔다.

남편과 원장이 먼저 도착해서 진료를 받고 있었다. 먼저 머리 CT 촬영부터 했는데, 다행히 머리에는 이상이 없고 왼쪽 어깨의 쇄골이 부러져서 수술을 해야 한다며 입원을 했다. 3등실로 입원을 했으나 밤에 잠을 자지 않고 같은 병실 환자들에게 민폐가 될 것 같아서 2등실로 옮겼다.

아무런 준비도 없이 병원으로 갔다가 바로 남편의 간병을 하게 되었다.

일요일이라 바로 수술을 하지 못하고 이튿날 오후 3시가 넘어서 수술이 시작되었고, 거의 3시간의 수술이 끝나고 남편이 병실로 돌아왔다. 남편은 말은 잘 못하지만 매우 고통스러운 듯 찡그리고 있었다. 퇴근 후 아들과 시동생이 병원으로 왔다. 요양원에서도 원장과 요양보호사들이 문병을 왔다.

어제부터 밤새 간병하느라 힘들었다며 원장님이 요양사 한분과 잠시 나와 교대하도록 했다.

나는 집에 가서 필요한 것들을 대충 챙겨서 다시 병원으로 돌아왔다. 남편의 친구들이 어디서 소식을 들었는지 4명이나 병문안을 와 있었고, 남편은 친구들을 보며 반가운 듯 웃고 있었다.

낮에는 잘 지냈는데 밤에는 대소변 실수를 해서 씻기고 환자복을 다시 갈아 입혔다. 어깨에 보호대를 두르고 있어 환자복을 갈아입히는 것도 여간 힘 드는 일이 아니었다. 그나마 수술이 잘되어 닷새 만에 퇴원을 하게 되었다. 병원비는 요양원에서 부담한다고 했다.

퇴원을 해야 하는데 아침식사 도중에 또 대변실수를 해서 밥도 제대로 먹지 못하고 새로 환자복을 갈아입고 어깨에 고정보호대를 두르고 왼팔을 고정시켜서 요양원으로 퇴원했다.

겨우 나흘 동안 병원에서 밤낮을 보냈는데도 밤에 환자를 돌보느라 잠을 잘 못자서 너무 피곤하고 힘들었다. 험난한 시간들이 엿보이기 시작했다.

사실 남편의 사고는 아침에 잠을 깬 후 내려오려고 하는데, 침대 사이드가 올려져 있었기 때문이라고 한다. 내려오고는 싶은데 말도 잘 못하고 아무도 없으니 침대 위에서 그냥 뛰어내렸을 것이라고 했다.

그런데 독방을 쓰다 보니 떨어졌을 때 요양보호사가 바로 보지 못한 것 같았다. 아침식사 때 얼굴에 상처가 있고 왼쪽 팔을 잘 움직이지 못해 원장이 구급차로 응급실로 데리고 왔다고 한다.

원장 선생님에게 침대를 빼고 방바닥에 매트만 깔아서 생활하도록 해달라고 했다. 집에서 아들이 쓰던 싱글 매트에 새 커버를 씌워 요양원으로 가져다 주고 다시 집으로 돌아왔다. 아직 기저귀는 사용하지 않으니 요양보호사들이 남편을 방바닥에서 돌보기에 그렇게 힘들 것 같진 않았다.

집으로 돌아와서도 마음이 너무 아파서 피곤을 무릅쓰고 혼자 고산골로 갔다. 지난 4년 동안 언제나 남편을 데리고 운동을 하러 가던 곳인데 이제 혼자 걸으며 눈물이 솟구쳤다. 울면서 산책로를 걸어가고 있을 때 지나던 스님 한 분이 물었다.

"처사님 왜 울어요?"

나는 아무 말 없이 산책길을 올라갔다.

다시 주말이 되었다. 아침을 먹고 간식을 준비해서 요양원으로 갔다. 몸은 집에 머물러도 마음은 늘 요양원에 있다. 봄 햇살은 너무나도 아름다웠지만 며칠 만에 내 얼굴을 보면서 남편의 얼굴에는 아무런 표정도 떠올라 있지 않았다.

남편을 데리고 1층으로 내려가 의자에 마주 앉아 봄볕을 쬐며 말을 시켰지만 남편은 여전히 묵묵부답이었다.

점심을 먹고는 외출신청을 해서 가족 수목장 묘지인 남지장사와 청도 주변을 드라이브했다. 분홍빛 복숭아꽃들로 흐드러진 풍경에도 남편은 아무런 관심도 보이지 않고 졸기만 했다. 순간순간 잠을 깨워 봐도 그때뿐 다시 졸음에 빠진다. 드라이브는 남편이 원해서가 아니라 남편을 위해 아무것도 해 줄 수 없는 나 자신을 위한 위로였던 셈이다.

남편은 점점 나빠지고 있다. 이제 기저귀를 차고 대소변을 보고 있다. 밤이 되면 잠도 잘 자지 않고 요양원에서 제일 돌보기 힘든 환자가 되었다.

요양원에서는 남편처럼 보행이 가능한 치매환자를 제일 싫어한다. 와상환자는 기저귀 수발과 밥을 먹이는 것 외에는 거의 돌봐야 할 일이 없는데, 보행이 가능하면서도 스스로는 아무것도 할 수 없는 치매환자는 잠시도 눈을 뗄 수 없기 때문이다.

아니나 다를까 5월 4일 요양원에서 또 전화가 왔다. 이제는 요양원에서 전화만 걸려 와도 가슴이 쿵하고 내려앉는다.

면담을 하러 요양원으로 달려갔다. 남편의 폭력성이 심해져서 결박을 해야 한다고 했다. 만일 가족들이 허락을 하지 않을 경우에는 더 이상 남편을 맡을 수 없다고 했다.

남편은 대변을 가지고 장난을 치고, 바지를 벗은 채로 복도를 걸어 다니고, 다른 어르신이 복도에서 텔레비전을 가린다면서 좀 비키라고 큰소리로 말하자 그 어르신의 목을 졸랐다고 했다. 그리고 폭력적인 행동 때문에 요양보호사들이 기저귀를 갈수도 없다고 했다.

어쩔 수 없이 일단 '당분간'이라는 단서를 달아 결박을 허락하고, 5층 남편의 방으로 올라갔다.

정말 두 눈을 뜨고 볼 수 없는 장면이 펼쳐져 있었다. 남편은 휠체어에 두 손을 결박당한 채 고개를 푹 숙이고 혼자서 우두커니 앉아 있었다.

왈칵 눈물이 솟아서 남편을 끌어안고 엉엉 울었다. 남편은 여전히 아무런 표정 없이 멍한 얼굴이었다.

일단 다른 요양원을 알아보기 시작했다. 소개를 받아가며 몇 군데 요양원에 가서 상담을 받아 보았지만 남편의 상태를 설명하자 받아주겠다는 곳이 없었다.

스스로 보행이 가능하면서 공격성이 있는, 상대적으로 젊은 치매환자가 제일 케어 하기 힘들다고 했다. 정신병원에 입원시 키라고 하는 곳도 있었다. 요양원에는 나이 드신 어르신들이 대부분이어서 이런 공격적인 환자가 조금만 건드려도 대형사고가 일어난다는 것이었다.

남편은 집에 있을 때도 거실에 있는 헬스자전거도 들어서 옮기기도 하고 탁자도 번쩍 들어 옮길 정도로 기운이 셌다. 초인적인 힘이 생기는 것 같았다.

정말 가슴이 답답했다. 어쩔 수 없이 요양원에 좀 더 있기로 했지만 하루 종일 속상해서 울고 또 울었다. 이제 남편을 어떻게 해야 하나….

이튿날 어버이날 가족모임을 위해서 남편을 데리러 요양원에 갔으나 남편은 나를 알아보지도 못했고 공격적인 행동을 보여서 결국 포기했다.

가족들 모두가 왜관 시동생 집에 모이게 되어, 나는 미국에서 온 남편 친구 부부와 함께 왜관으로 갔다. 가는 내내 마음이 편치 않았다. 시어머님은 남편이 요양원에 있는지 모르고 계신다.

"와 아바이는 안 왔노?" 하시기에 "아바이 다니는 센터에서 소풍갔심더." 하고 거짓말로 둘러댔다.

온 식구들이 다들 모여 즐거운 하루였지만 남편이 걱정돼 견딜 수가 없었다. 점심식사를 먹고 조금 있다가 헤어져서 집으로 돌아왔다.

'내일 1시부터 요양원에서 어버이날 행사를 하고 보호자 회의도 한다고 하니 내일 요양원가서 남편을 보면 되겠구나.' 하고 스스로를 위로하며 잠을 청했다.

어버이날이다. 오전에, 이사하면 새 아파트 문에 걸려고 며칠 전 목공소에 주문해둔 문패를 찾아왔다. 남편 사업이 부도난 후 거의 20년 만에 주택을 사서 살다가 아픈 남편과 함께 사는 데 불편해서 팔고, 같이 운동하러 다니기 좋은 앞산 부근 아파트에 세를 얻어 살고 있었다.

이제는 이사를 다니는 것도 힘들고, 살고 있는 아파트가 너무 넓고 낡아서 더 이상 살기가 싫었다. 요양원을 오가던 중 바로 산자락에 새로 지은 빌라를 계약했다. 산과 접해 있어서 전원주택 같았다. 남편이 조금 좋아지면 다시 집으로 데려와 같이 살 생각이었다.

오후 4시쯤 남편이 계속 잠만 잔다면서 요양원에서 전화가 왔다. 공격성도 심하고, 밤에 잠도 잘 자지 않아 며칠 전부터 촉탁의사에게 신경안정제와 수면제를 처방받아 복용시켰다고 했다. 일단 촉탁의사가 와서 진찰하고, 링거를 주사하고 구급차를 불러 영남대 응급실로 보낸다면서 병원으로 오라고 했다.

응급실로 급히 달려갔다. 여러 가지 검사가 시작되었다. 가슴,

배 CT를 촬영하고, 바이러스성 폐렴검사도 했다. 링거를 맞으면서 소변 줄을 달고 바로 중환자가 되었다.

말을 잘 알아듣지도 못하고 가만히 있지도 않아서 옆에 꼭 붙어 앉아 케어를 해야 한다.

작은 아들이 먼저 병원으로 달려오고, 의사인 고모부도 오셨다. 고모부는 "알츠하이머 치매인 것은 다 아는 사실이고, 어떻게 치료할 사안도 아니므로 다른 검사는 다 하더라도 더 이상 머리 CT는 찍을 필요가 없다."고 하셨다.

새벽 2시, 모두들 다 돌아가고 나 혼자 케어하고 있는데 의사가 CT를 찍자고 했다. 하는 수 없이 머리 CT를 찍었다. 그런데 남편은 소변이 나올 때마다 아파 펄쩍 뛰며 설쳐서 혼자서 감당을 할 수가 없었다. 하는 수 없이 집으로 보낸 아들을 다시 오라고 전화를 했다. 아무래도 혼자서는 케어를 할 수가 없었다. 아들은 나와 같이 케어 하면서 밤을 새우고 병원에서 출근을 했다.

오전에 의사가 회진을 와서 뇌 MRI를 찍자고 했다. 나는 어제 저녁에 뇌 CT를 찍었는데 왜 또 MRI를 찍어야 하는지 물었더니 CT와 MRI를 비교해봐야 한다고 했다. 응급실이라 비용이 더 비싸서 92만 원이라고 했다.

병원에 온 이상 환자는 의사의 말을 거부할 수가 없다. 카드로 결재를 하고 2시간을 기다리고 있었다. 그때 요양원 원장과 고모부가 다시 병원에 오셨다. 고모부는 MRI를 찍을 필요가 없으니 환불하라고 했다. 어제 CT 사진도 흔들려서 거의 판독을 할 수 없는 상태인데 MRI도 환자가 협조가 안 되는 상태에서는 거의 흔들리지 않게 잘 찍을 수도 없고 또 찍을 필요도 없다고.

결국 환불을 받고 사진을 찍지 않겠다고 했다. 다행히 검사 결과, 바이러스성 폐렴은 아니고 음식물에 의한 흡입성 폐렴이라며 입원해서 치료해야 한다고 했다. 그러자 요양원 원장님이 흡입성 폐렴은 입원할 필요 없다며 요양원으로 모셔가서 자신이 케어 하겠다며 퇴원시키자고 했다.

담당의사에게 요양원으로 퇴원하겠다고 했더니 의사는 내게 무책임하게 의료행위를 거부한다고 나무랐다. '요양병원으로 가는 것도 아니고 요양원으로 퇴원하면 위험할 수도 있으므로 보호자가 책임져야 한다.'며 각서를 쓰라고 했다.

나는 남편의 상황이 위급해져도 병원 측에 책임을 묻지 않겠다고 각서를 쓰고는 구급차를 불러 남편과 같이 요양원으로 퇴원했다. 원장님이 폐렴 치료 주사약을 처방해달라고 하자, 주사약품은 처방해 줄 수 없다면서, 약으로 처방을 해 주었다.

흡입성 폐렴은 먹는 것을 조심하며 케어 하면 된다고 간호사이신 원장님이 나를 안심시켰다. 원장님의 호의 때문에 이번에는 어쩔 수 없이 내가 병원비를 계산했다. 앞으로 이런 일이 더 자주 생길 것이라고 의사가 조언을 해 주었다.

　나와 아이들은 앞으로 어떤 일이 일어날지는 모르지만 연명치료는 하지 않겠다고 일단 결정을 했다. 요양원으로 와서 원장님과 사무장이 응급실에서 찍은 CT 사진을 보더니, 뇌 사진 상으로는 별로 좋지는 않다고 했다.

　요양원 식구들의 지극한 보살핌으로 남편은 조금씩 회복되어 갔다. 하지만 침상에서 떨어져 부러진 쇄골이 겨우 붙고 나니, 다시 폐렴으로 남편의 상태가 더 나빠지고, 2번의 병원 입원과 퇴원으로 침상에서의 생활이 길어지자 남편은 근육이 다 빠지고, 뼈만 앙상하게 남게 되어 아프리카 난민처럼 되었다. 그 좋던 인물도 눈과 코만 남고 볼도 움푹 파여서 노쇠한 노인 같았다. 너무나도 안타깝고 속상했다.

　주말과 일요일에 친정 식구들과 같이 요양원에 가서 남편을 휠체어에 태워 1층으로 내려왔다. 마당을 몇 바퀴 돌고나서 다시 휠체어에서 내려서 부축하고 걸음을 걷도록 운동을 시켰다.

　기력을 되찾게 되면 주말마다 다시 걷기운동을 시켜야겠다. 아직 죽과 반유동식으로 식사를 하고 있다. 혹 또 침상에서 떨어질까 봐 혼자 있을 때는 결박을 한다고 했다.

요양원 주말부부

우리는 요양원 주말부부로 꽃피는 봄날을 보냈다. 토요일 일요일은 거의 빼먹지 않고 요양원으로 출근해 남편을 만났다. 그리곤 조금씩 남편을 데리고 외출해 집에서 시간을 보냈다. 맛있는 음식을 만들어 먹이고, 미용실로 데려가 예쁘게 커트도 하고, 전에 그랬던 것처럼 앞산 고산골로 산책을 가서 한 시간쯤 걸었다. 이렇게 하다가 공격성이 좀 줄어들고 건강이 좀 회복되면 새집으로 이사해서 같이 살아야지, 하고 다짐했다.

주말에 데려와서 다시 데려다 주고 그 다음날 그런 일을 반복하는 것도 쉽지는 않았다. 주말에만 160킬로미터를 운전해야 한다. 그것도 치매환자를 옆에 태우고.

그래서 6월 둘째 주부터는 1박 2일 가정적응 프로젝트를 시작했다. 토요일에 요양원으로 가서 외박신청을 한 다음 남편을 집으로 데려와 하룻밤을 재운 뒤에 일요일 오후에 요양원으로 데려다 주는 스케줄이다.

이번 주말에는 큰 동서 기일이어서 수목묘지에서 가족들과 만나기로 했다. 나는 남편 친구 부부와 함께 요양원으로 가서 남편을 데리고 외출해 수목묘지로 갔다. 간단히 음식을 준비해 차례를 지내고는 시어머님이 계시는 시동생 집으로 갔다. 오랜만에 남편은 엄마도 만나고 가족들과 같이 식사를 했다. 엄마를 알아보는지는 확실하지 않았지만 남편은 무척 좋아보였다.

가족들과 헤어져 집으로 돌아와 변기에 앉혀 볼일을 보게 하고 샤워를 시킨 다음 10시에 잠자리에 들었다. 3개월여 만에 집에서, 그것도 같은 침대에서 잠을 잤다. 별 일 없이 잘 자는 게 신기했다.

새벽 6시에 남편이 잠에서 깨 소변을 보게 하고, 다시 아이처럼 다독여서 7시 30분까지 잤다. 오랜만에 마음 편히 남편과 하룻밤을 보냈다.

오리백숙으로 아침을 먹고 11시가 되어 남편과 고산골로 운동을 갔다. 얼마 전까지 혼자서 울며 걷던 길을 남편과 손을 잡고 다시 걸으니 너무나도 좋았다. 이래서 병든 남편이라도 옆에 있는 것이 좋다고 하는 걸까?

점심을 먹고 첫 1박 2일 미션을 끝내고 약속대로 요양원으로 데려다 주고 돌아왔다. 첫 시도는 성공적이었다.

두 번째 외박 때는 동화사가 있는 팔공산 동생 집으로 친정식구들이 모여서 염소고기 파티를 했다. 동생이 형부를 위해 염소를 한 마리 사서 푹 삶아 먹기 좋게 준비했다. 오랜만에 친정 식구들과도 만났고 또 고기를 얼마나 잘 먹던지 보는 모두가 행복해졌다. 남편도 좋은지 얼굴에 웃음이 떠나지 않았다. 저녁은 잔치국수를 해 주어서 먹고 헤어져 집으로 돌아왔다.

샤워를 시키고 소변을 보도록 하고 기저귀를 채워서 10시에 잠자리에 들었다. 내가 잘못 채워서 그런지 밤에 기저귀에 소변을 보았는데도 입고 있던 옷과 이불까지 흠뻑 적셨다. 대충 닦여서 옷을 새로 갈아입혀 재웠다. 그래도 잠은 잘 자서 다행이라 생각했다. 아침에는 갈비탕을 먹고 같이 신천둔치로 산책을 갔는데, 그늘이 없어서 낮에 산책하기에는 너무 덥다.

집에서 점심을 같이 먹고는 텔레비전 가요무대를 보면서 박수를 치고 좀 놀다가 요양원에 데려다 주었다. 이젠 제법 잘 적응하고 있다.

토요일에는 집에서 자고 일요일엔 청도에 있는 친구 시골집에 가서 고기를 구워먹고 저녁 때 요양원으로 데려다 주곤 했다.

남편 친구들은 이번 여름휴가를 지리산으로 가려고 예약까지 했다고 하는데, 남편과 그렇게 멀리는 가지 못한다고 했더니, 청도로 2박 3일 휴가를 오겠다고 했다.

8월 15일, 남편의 대학친구들이 아내를 동반해서 모두 12명이나 청도 시골집에 모였다. 닭백숙, 삼겹살 파티를 하면서 취향대로 먹고 놀았다.

나는 낮에는 남편을 요양원에서 데려와 같이 놀다가 저녁 때 요양원으로 데려다 주거나 집으로 데리고 가 밤을 보낸 뒤 다음 날 다시 데려와 3일 동안 즐겁고 행복한 시간을 보냈다.

청도의 명소인 와인터널과 연등지를 친구들과 함께 다녀왔는데, 대구에 그렇게 오래 살았으면서도 이번에야 남편 덕분에 와인터널을 나도 가보았다.

사진도 많이 찍고 모두들 즐거운 시간을 보내면서 친구들은 남편의 병이 더 악화되기 전에 기꺼이 함께해 주며 행복한 시간을 선물했다. 다들 금요일에 헤어졌지만 우리 부부는 이틀만 함께 했다. 주말에 또 1박 2일 외박을 하려면 나도 좀 쉬어야 했다.

몸은 너무 피곤했지만 남편이 친구들과 행복해하니 나도 너무 좋았고 친구들도 너무 고마웠다.

요즘 들어 요양원의 분위기가 좀 이상해 졌다. 원장도 보이지 않고 사무장도 보이지 않았다. 원장은 간호사로 일한 지 30년이나 되었고 남편인 사무장도 요양병원에서 오래 근무한 경험이 있어서 어르신들을 지극정성으로 돌봐 준 분들이었다.

새 원장은 이 요양원의 실질적인 주인으로 처음에는 경력 있는 간호사를 원장으로 앉혀 운영하다가 1년이 지나 요양원이 자리를 잡는 것 같으니 원장 내외를 내보내고 부부가 이사와 원장 자리에 앉았다고 요양보호사들이 내게 귀띔을 해 주었다. 원장이 바뀌었으면 당연히 보호자들에게 사실을 알려야 하는데….

주중에 우연히 요양원에 들렀더니 남편이 침대에 결박돼 있었다. 사지가 멀쩡한 사람을 낮에도 이렇게 묶어 두었으니 얼마나 답답할까. 속이 상해서 미칠 것 같았다. 밤에는 어쩔 수 없이 묶어 둔다지만, 이런 꼴을 안 보려면 집으로 데려와야 하는데….

9월이 되자 남편의 공격성이 되살아나기 시작했다. 주말에 집에 와서도 잠은 그런 대로 자는 편이었지만 자다가 소변이 문제다. 기저귀를 채워도 입고 있던 옷을 다 버린다. 자다가 2번씩이나 옷을 모두 갈아입혀야 하는데, 옷을 갈아입히려고 하면 화를 내고 위협을 가하는 것이다. 아마도 자신을 보호하기 위해서거나 수치심 때문에 옷 갈아입는 걸 거부하는 것 같다.

하지만 옷을 갈아입히지 않을 수 없는 상황이니 정말 난감하다. 온몸에 힘을 주며 버티며 협조를 해 주지 않아 옷을 갈아입히는 게 너무 어렵다. 억지로 달래 얼른 옷을 갈아입히는 수밖에는 달리 방법이 없다.

어떨 때는 친구들에게도 별 이유 없이 폭력성을 띤다. 친구 부부와 함께 시골교회에 따라가서 예배를 드린 후에 교회에서 점심을 같이 먹었는데, 식사를 하다가 친구가 "창웅아, 밥 맛있나? 많이 먹어."라고 했더니 갑자기 버럭 화를 내며 달려들었다.

친구는 당황해서 어쩔 줄을 몰랐다.

그 이후로는 교회에서 예배만 보고 밥은 먹지 않았다. 나랑 밥을 먹다가도 내가 조금만 표정이 굳으면 버럭 화를 내며 무슨 말인지 내뱉는데, 당연히 나는 알아들을 수가 없다.

남편의 마음속에서는 분노가 활화산처럼 꿈틀대고 있는 것 같았다. 그래서 집으로 데리고 오면 늘 웃으며 얘기해야 하고 아기처럼 달래야 한다. 절대로 큰소리로 이야기하거나 잔소리를 하면 안 된다.

마지막 추석

추석이 다가오고 있다. 오늘은 연휴 첫날인 토요일이다. 이왕이면 좀 일찍 데리고 와서 집에 같이 있으려고 오전에 요양원으로 향했다. 지금쯤 이른 아침을 먹고 또 장갑을 끼고 양손을 결박당한 채로 우두커니 침대에 앉아 있을 걸 생각하니 마음이 급했다.

요양원은 대구와 청도군의 경계 지점에 있다. 터널만 지나면 청도군이고, 마침 오전이어서 거리는 한산했다.

도착하니 내가 생각했던 그대로였다. 화도 나고 속이 많이 상했다.

창살 없는 감옥도 아니고, 다칠까봐 그랬다는데 어쩔 수가 없다. 밤에 잠을 잘 자지 않아 수면제를 투약하니 항상 가수면 상태라 정말 3월처럼 또다시 침상에서 떨어져서 뼈가 부러질 수도 있는 상황이라고 했다.

요양보호사들이 와상환자는 손이 좀 덜 가니 이런 환자들에 대해 신경을 좀 더 써 주면 좋으련만 욕심일까?

추석연휴 4박 5일 동안 아무런 약도 먹이지 않겠다고 다짐한 나는 약을 챙기지 않고 남편을 집으로 데려왔다. 집에 있을 때만이라도 약을 먹이고 싶지 않았다.

집으로 돌아온 우리는 점심을 맛있게 먹었다. 식탁에 앉아 턱받이를 해 주고 밥을 비벼서 주거나 국물 말아주면 혼자서도 곧잘 떠먹는다. 젓가락질은 거의 못하지만 숟가락질은 아직 잘하는 편이다. 밥을 다 먹어갈 때 쯤 몇 번만 떠서 먹여주면 된다.

그런데도 요양원에서는 이제 아예 침대에 딸린 식탁에 양손을 결박한 채로 떠먹이면서 자기들이 전부 수발을 든다며 내게 자랑처럼 얘기했다. 나는 남아 있는 수저질과 걷는 기능만이라도 끝까지 살리고 싶은데….

이건 요양원에서 환자를 돌보는 이들의 기본적인 일이 아닌가? 그런데도 자기들 편한 대로 하다가 보니 있는 기능마저 도태시키고 걸을 수 있음에도 위험하다는 핑계로 침상에 묶어둔다. 정말 요양원은 창살 없는 감옥이나 마찬가지다.

남편은 나를 보고는 빨리 풀어달라는 표정으로 묶인 손을 잡아당겨 나는 또다시 눈시울이 붉어지곤 했다.

남편에게 간식을 주려고 떡을 렌지에 데워 꺼내다가 오른쪽 팔에 화상을 입었다. 얼른 찬물에 씻었지만 쓰리고 아프다. 얼음 찜질을 하면서 남편에게 간식을 먹인 뒤에 약을 사러 약국으로 가기 위해 함께 나갔다.

아파트 앞에 있는 ATM 부스에 같이 들어가기엔 너무 좁아서 남편에게 몇 번이나 "꼼짝하지 말고 여기 서 있어."라고 당부를 하고 현금을 인출하러 들어갔다가 ATM 부스 문을 열고 나오는 순간, 남편이 갑작스레 넘어진다!

나는 깜짝 놀라 얼른 일으켜 세웠다. "괜찮나? 안 아프나?" 하고 보니 벌써 이마에 피멍이 들고 상처가 생겼다. 아마도 내가 보이지 않자 찾으려고 두리번거리다가 넘어진 것 같았다.

그래도 나를 보더니 미소를 짓는다. 나는 놀란 가슴을 쓸어내리고 그나마 다행이라고 생각하며 같이 약국으로 갔다.

남편은 이제 요양원에서 걷기를 잘 하지 않아 근육이 다 빠지고 다리에 힘도 없다. 그리고 늘 신경안정제 때문에 몽롱한 상태다. 추석을 앞두고 우리 부부는 피를 본 셈이다.

약을 사서 남편 이마에 난 상처를 먼저 소독하고 연고를 바르고 밴드를 붙이고는 모자를 씌웠다. 그나마 모자 때문에 상처를 가릴 수 있어서 다행이다. 그리곤 화상을 입은 내 팔도 소독을 하고 밴드를 붙였다. 문득 시어머님 얼굴이 떠올랐다. 내일 우리 집에 오시면 왜 이랬느냐고 꾸중하실까 걱정이 앞선다.

어머님은 아직도 당신의 아들이 요양원에 있는 줄 모르신다.

주말에 요양원에서 데려와 어머님 집에도 한 번씩 가서 점심이나 저녁을 먹기도 하고 가족들과 같이 외식도 하기 때문에 꿈에도 모르신다.

추석연휴의 첫날을 그렇게 우리 부부는 사고를 쳤다. 추석연휴 내내 누가 부부가 아니랄까봐 남편은 이마에 나는 팔에 반창고를 붙이고 다녔다. 그래도 아무 일 없었다는 듯 우리 둘은 손을 잡고 또 앞산 고산골로 가서 산책을 하고, 운동을 했다.

실종사건 이후 트라우마가 생겨 남편은 완전히 겁쟁이가 되었다. 나와 손을 잡고 걸어가면서도 나를 찾는다. 그리고 걸으면서도 자꾸 졸아서 힘들다.

연휴 둘째 날도 바쁘다. 할 일은 많은데 도와줄 사람은 없고 돌봐주어야 하는 남편만이 내 곁에 앉아 있다. 준비해둔 재료들로 오전에는 나물을 볶고 오후에는 전을 부쳤다.

마주앉아 전을 부치면서 남편을 보고 있으니 꼭 어린아이를 데리고 일하는 기분이지만 행복했다. 고구마, 고기완자로 전을 부쳐 후후 불어 식혀서 하나씩 주면 받아서 맛있게 먹곤 했다. 나는 그 모습이 보기 좋아 일하다가 자꾸 하나씩 주면 정말 맛있게 잘 먹는다.

대충 일을 마치고 아들을 시켜 어머님을 모셔오도록 했다. 시동생과 어머님이 오셔서 저녁 때는 같이 텔레비전을 보며 즐겁게 보냈다. 작년에는 시동생과 아들이 남편을 목욕탕으로 데려가 함께 사우나를 하고 왔었는데, 이제는 내가 아니면 씻길 수가 없어서 자기 전에 샤워를 하고 잠자리에 들었다.

나는 너무 피곤한데 밤에 남편은 잠을 잘 자지 않고 자꾸 일어난다. 하는 수 없이 남편을 어머님 방으로 데려다주고 어머님과 같이 있으라고 했다. 나는 내일 차례 준비 때문에 좀 쉬어야 했다.

요 몇 년 사이로 우리 집안에는 안 좋은 일들이 연이어 일어났다. 손아래 큰 동서와 작은 동서가 모두 세상을 떠났다. 그래서 우리 집안에 여자라고는 어머님과 나 둘뿐이다.

두 동서가 먼저 가자 나는 무서웠다. 나도 이 집안의 며느리인데 불행한 일이 내게라고 닥치지 말라는 법이 없지 않은가. 그러면서 이런 생각이 들었다.

'우리 집에서는 나를 대신해서 남편이 액운을 짊어졌구나!'

나라도 건강하니 최선을 다해 남편을 보살피자고 생각했다. 비록 힘은 들지만 죽은 동서들에 비할까. 그나마 내가 아프지 않은 것만으로도 얼마나 다행인가. 내가 치매에 걸렸다면 남편이 나를 돌봐줄 수 있을까? 물론 남편은 착한 사람이라서 잘 해 주겠지만 남자인지라 간병에는 한계가 있지 않겠는가.

가능한 긍정적인 생각들을 하려고 노력했다. 남편을 돌보느라 앞산과 신천변으로 매일 운동을 하러 나갔던 게 내 건강에도 많은 도움이 되었을 것이라고 나는 믿는다. 이것도 남편에게 고마워해야 할 일이다.

  추석이다. 나는 아침 일찍 일어나 남편을 씻긴 다음 한복으로 갈아입혔다. 작은 아들과 같이 차례 상을 준비하고 있다 보니 큰집에 갔던 아들과 시동생들이 큰집 식구들과 같이 우리 집으로 왔다. 대식구가 되었다. 스무 명 가까운 가족들이 모이자 남편이 제일 신이 나서 좋아했다. 모두들 "형님, 형님, 큰아빠, 큰아빠!" 하고 인사를 하니 기분이 좋았는지 싱글벙글이다.

  명절에는 우리 집에서 아버님, 큰 동서, 작은 동서를 모셔 밥과 국을 떠 놓고 같이 차례를 지낸다. 어차피 명절이면 시동생들이 우리 집에 오니까.

  차례가 시작되자 남편도 따라서 곧잘 절을 했다. 차례가 끝나고 모두 같이 식사도 하고 가족들과 얘기꽃을 피우지만 남편은 대화에 끼어들지 못하면서도 환한 미소로 식구들을 둘러보았다. 오후에는 가족들과 수목묘지에도 다녀왔는데, 낮에 잠을 못 자서인지 남편은 깨지 않고 잘 잤다. 남편이 너무도 대견하고 고마운 하루였다.

  추석 이튿날은 언제나 친정으로 점심을 먹으러 간다. 친정도

식구가 많아 약속시간을 정해서 모인다. 남편은 처제들이 "형부예, 형부예" 하며 말을 붙여주니 어린아이마냥 신이 났다. 예전엔 처제들과 장난도 많이 치고 재미있는 사람이었는데 이제는 말이 없다. 다만 쳐다보며 웃기만 한다.

한참을 놀다가 헤어져 집으로 왔고, 저녁에 또 고산골로 산책을 하고 왔다. 밤에는 잠은 잘 잤지만 초저녁에 대소변을 보고 재웠음에도 밤 사이 세 번이나 소변을 흠뻑 봐서 나는 옷을 갈아입히고 기저귀 갈아주느라 잠을 거의 자지 못했다. 왜 이렇게 밤에만 소변을 많이 보는 건지 모르겠다. 낮에는 오전, 오후, 저녁때 이렇게 3~4번만 보는데… 무슨 방법이 없을까? 요양원에서는 거의 낮에 2~3번, 밤에는 대부분 1번만 기저귀를 갈아준다. 그러니 얼마나 냄새가 나고 찝찝할까? 말은 못하지만 느낌은 있을 텐데….

점심을 같이 먹고 요양원에 데려다 주었다. 4박 5일간의 추석연휴 프로젝트는 행복했고 무사히 끝났다. 남편을 남겨두고 집으로 돌아오니 왠지 허전하고 우울했다. 보내지 않을 수도 없고 보내면 마음이 아프다. 이사를 하고나면 어쨌든 집으로 데려와야겠다. 세탁기를 3번이나 돌려서 소변 범벅이 된 이불을 빨아 널었다.

추석연휴가 끝난 뒤, 남편이 요양원에 입원하기 전에 다녔던

주간보호센터로 상담을 하러갔다. 그러나 새로 이사할 집으로는
통학차로 송영이 불가능하다고 했다. 거리가 너무 멀어 같이 타
고 다니시는 어르신들이 힘들어서 안 된다고 했다.

그곳에서 다른 센터를 소개해서 다시 두 곳의 센터와 상담해
보았으나 지금은 인원이 다 차서 받아줄 수가 없다고 한다. 하
는 수 없이 집에서 좀 가까운 곳에 있는 주간보호센터로 면담 예
약을 했다.

봄에 새 아파트를 분양 계약했는데, 살고 있던 아파트가 나가
지 않아 계약기간이 끝나서야 이사를 할 수 있게 되었다. 이사를
하기로 결정한 날은 10월 25일이었다.

추석이 지나간 뒤 요양원에서는 남편의 폭력이 심해져서 기
저귀를 채우기도 힘들다면서 이제 당분간 집으로 데려가 재우는
것은 좀 자제했으면 좋겠다고 했다. 아무래도 집에서 자유롭게
지내다가 요양원에 있게 되니까 불만이 많아진 것 같다. 이제는
토요일, 일요일에도 외출만 해서 집이나 청도에서 함께 지내다
가 데려다 줄 수밖에 없게 되었다.

9월의 마지막 토요일 점심식사 후 요양원으로 갔다. 역시나
남편은 양손에 장갑을 끼운 채 침대에 묶여 있었다. 결박을 풀고
한복을 갈아입혀서 외출을 했다. 청도박물관으로 가서 여기 저
기 둘러보고 사진도 찍어주고 코미디극장에도 갔다. 공기도 좋

고 볼거리도 많고 걷기운동을 하기도 좋은 곳이다.

축제 중이라 많은 사람들이 와 있었다. 자꾸 말을 시켜 약 기운에서 깨어나도록 자극을 주었다.

유등지로 가서 연꽃 앞에서 사진도 찍어 주고 코스모스 길에서도 사진을 찍어주었다. 친구 집에서 좀 놀다가 저녁을 먹고는 남편과 헤어지기 싫어서 7시가 넘어서야 다시 요양원에 데려다 주고 혼자 집으로 돌아왔다.

'그래, 이사를 하고 11월부터 집에서 같이 살려면 폭력이 다시 고개 들지 못하도록 당분간 집에서 재우지는 말아야겠다. 하룻밤 자고 내일 또 가면 되지 뭐.'

다짐을 하면서도 마음이 아프다.

벌써 9월의 마지막 날이다. 아침을 일찍 먹고 다시 요양원으로 갔다. 한복을 갈아 입혀서 같이 나왔다. 남편은 젊은 시절부터 한복을 좋아했다. 그래서 나는 지난 설에도 설빔으로 따뜻한 누비 한복을 사서 입혔는데 싱글벙글 웃으며 좋아했다.

청도로 가서 친구 부부와 교회 예배에 참석했다. 이제 제법 잘 적응하는 것 같다. 찬송가를 부를 때는 졸지도 않고 박수치며 같이 흥얼거리기도 한다. 시골 교회라 신도가 얼마 되지 않아서 조용하고 가족 같은 분위기다. 아마도 이런 경험들이 나중에 집으로 돌아가서 주간보호센터에 적응하는 데 도움이 될 것 같다.

우리 부부는 천주교 신자인데 오랫동안 성당에 나가지 않고 있었다. 어느 날 친구 부인이 내게 "요한이 엄마는 사는 게 너무 힘든 것 같다. 혼자 짐을 다 짊어지고 끙끙거리지 말고 주님께 무거운 짐을 좀 맡겨봐라."라고 말해서 친구 부부를 따라 청도교회를 몇 주째 다니고 있다.

나는 예배 중에 "주님, 이 사람을 좀 낫게 해 주십시오, 저의 힘으로는 도저히 어떻게 할 수가 없습니다."고 기도하며 도움을 청하곤 했다.

10월 1일 월요일, 미리 약속했던 주간보호센터장과 면담을 했다. 폭력성만 없으면 받아주겠다고 했다. 10월 25일 이사를 하고 나서 11월 1일부터 이용하겠다고 구두로 약속을 했다.

10월 첫째 주 토요일은 부산까지, 콩레이 태풍을 뚫고 남편 친구의 자녀 결혼식에 참석하느라 요양원에 가지 못했고, 일요일 점심식사 시간에 맞춰 요양원에 갔더니 역시나 침상에 앉아 양손에는 장갑을 낀 채로 결박돼 요양사가 남편에게 밥을 떠먹여주고 있었다. 왜 떠먹이느냐고 하자 혼자 못 먹는다고 했다.

"아니 집에서는 분명히 식탁에 앉아서 혼자 먹는데…."

나는 더 이상 말하지 않았다. 여기서는 그냥 턱받이도 할 필요 없이 떠먹이면 빨리 먹일 수 있고 흘리지도 않아서 뒷일도 없다. 이러다가는 곧 숟가락질도 할 수 없게 될지도 모른다.

지난밤엔 잠을 전혀 자지 않았다고 했다. 신경안정제를 먹였는지 밤에 잠을 안 자서 그런지 자꾸 졸기만 한다. 잘못하다가는 넘어질 것 같아 두 손을 크로스로 해서 잡고 아래 마당으로 내려가 몇 바퀴 걸었다.

그래도 눈을 자꾸 감으려고 한다. 의자에 앉아서 좀 쉬다가 또 걷게 하고 자꾸 졸음에서 깨도록 몸을 괴롭혔다. 그리고는 남편을 자동차에 태워 청도코미디극장으로 가서 넓은 정원을 두 바퀴 정도 돌면서 남편의 잠을 깨웠고, 청도 시골집에 가서 좀 놀다가 요양원에 데려다 주었다.

"고맙습니다!"

10월 둘째 주다. 점심시간이 지나 요양원에 갔더니 남편은 언제나 그랬던 것처럼 손에 장갑을 낀 채 멍한 표정으로 침대에 누워 있다. 이렇게 날씨도 좋은데… 바깥나들이라도 좀 시켜주지.

남편이 나를 보더니 갑자기 눈물을 흘리며 울었다.

"나도 당신이 보고 싶었어."

남편을 끌어안고 같이 울었다. 옆에 서 있던 요양보호사들도 같이 울었다. 이런 순간이면 남편이 나를 알아보고서 반갑고 서러워 우는 것 같았다.

춥지 않게 겉옷을 챙겨 입히고 외출신청을 해서 요양원을 나섰다. 집과 가까운 고산골 공원주차장에 차를 세워두고 손을 잡고 산책을 했다.

고산골 산책로는 계절마다 다른 운치가 있다. 남편은 요양원에서 주로 침상에 결박당한 채 시간을 보내서인지 이제는 잘 걸으려고 하지 않았다. 억지로 달래가며 천천히 걸었다. 어느 정도 감정이 진정된 것 같았다.

공원 정자에 앉아 삶은 밤을 까서 먹여주었다. "맛있나?"고 물으니 "마이따"고 대답하며 잘 먹는다. 남아 있는 치아는 별로 없지만 삶은 밤은 먹기가 좋다.

가지고 온 빨대 달린 물통으로 물을 먹여주면서 한참을 그렇게 쉬었다. 그순간도 나는 행복했다. 이렇게 잘 먹는데, 먹고 싶다는 말도 못하고, 주면 먹고 안 주면 못 먹는 남편이 안쓰러웠다.

다시 일으켜 세워서 좀 더 걷자고 했더니 이제는 눈도 좀 뜨고 또록해졌다. 거의 한 시간을 산책하고 집으로 왔다.

낯설지 않은지 스스로 소파에 가서 앉았다. 함께 텔레비전을 보며 쓰다듬고 안아주었다. 왜 아프지 않고 건강했을 때 이렇게 남편에게 스킨십도 많이 해 주고 사랑한다고 많이 말해 주지 않았을까. 그때 싸우지 말고 좀 더 잘해 줄걸.

지금 나는 껄껄껄 병에 걸려 있다. 우리 부부는 거의 '가요무대'와 같은 성인 가요 쇼 채널만 골라서 본다. 나는 남편과 노래도 부르고 박수를 치며 춤도 춘다. 그런데 남편은 요즈음 우울해져서 잘 웃지도 않고 박수도 두세 번 치다가 이내 무관심해진다. 그래도 가끔씩 나를 쳐다보며 미소 짓는 남편이 고맙고 사랑스럽다.

그래, 이대로라도 좋다. 더 이상 나빠지지만 말았으면, 하고 마음속으로 기도한다.

날이 어둑해지자 저녁준비를 하려고 남편을 거실에 두고 주방으로 갔다. 좋아하는 고기를 굽다가 걱정이 되어 다시 거실로 가보니 남편이 보이지 않았다. 혹 어디서 넘어졌나 하고 가슴이 철렁하여 "여보야!"하고 불러보니 안방에서 기척소리가 들렸다. 가서보니 안방에서 서성이고 있다. "화장실 가려고?" 하고 물었더니 그렇다고 고개를 끄덕인다.

화장실로 가서 기저귀를 열어보니 대변이 벌써 나오고 있었다. 변 묻은 기저귀를 빼내고 변기에 앉히려고 하자 뻗대며 앉지 않는다.

이제는 변기에 앉는 것 자체를 잊어버렸다. 집에서만 앉으니까. 서서 대변을 보게 할 수도 없어 거의 10분이나 씨름을 하다가 겨우 달래 변기에 앉혔다. 그제야 힘을 주며 변을 많이 봤다.

내가 속이 다 시원했다. 뒤처리를 깨끗하게 해 주고 다시 기저귀를 채워 바지를 올려주었다. 남편에게는 기저귀를 채울 때에도 자존심 상할까봐 "팬티입자."고 말하며 뽀뽀를 해 준다. 그래야 거기에 정신이 팔려 기저귀를 차는 데 저항을 하지 않는다.

요양원에서는 기저귀를 채울 때마다 한바탕 전쟁이 일어난다고 했다. 갑자기 옷을 내려 기저귀를 갈아주려고 하면 때리려고도 하고 폭력적으로 변한단다.

마누라가 해도 싫어하는데 낯선 여자가 옷을 내리니 싫어할 수밖에. 정말 요양원에서도 남자 어르신은 남자 요양보호사가 돌봐야 한다고 생각한다. 아무리 치매환자라도 가장 기본이 되는 자존심만은 아직 남아 있지 않겠는가.

샤워를 시키는 것도 여자 요양보호사들이 남자 어르신을 씻기는 것은 부당하다. 하지만 남편이 있는 요양원에는 남자 요양보호사가 한 명도 없다. 인권보호 차원에서도 꼭 시정되어야 한다고 본다.

치매환자들 중에는 대변을 오랫동안 못 보면 폭력적인 행동을 보이는 경우도 많다. 남편은 큰일을 보고 나더니 한층 기분이 좋아졌다. 고기를 구워서 같이 밥을 먹었다.

턱받이를 하고 의자를 식탁에 바짝 당겨 앉혀서 숟가락으로 밥을 스스로 떠먹도록 했다. 숟가락 위에 고기를 얹어주면 좀 떨긴 하지만 잘 떠먹는다. 그러면 나는 "우리 신랑 잘 먹네." 하고 칭찬을 한다. 이렇게 스스로 밥 먹는 것도 남편에게는 좋은 교육이다.

우리 남편은 밥을 먹고도 칭찬 받고, 변을 보고도 칭찬 받고, 잠을 자고도 칭찬을 받고, 산책을 하고도 칭찬을 받는 세 살배기 천사 같은 아이다. "그런데 나는 누가 칭찬을 해 주지?"

나는 가끔씩 이런 넋두리를 하며 나 스스로를 칭찬하며 위로

해 준다.

저녁을 먹고 조금 쉬다가 더 어두워지기 전에 남편을 요양원으로 데려다 주기 위해 밖으로 나왔다. 오늘은 자동차도 스스로 잘 탔다. 나는 또 칭찬을 해 주었다. 매일 타던 자동차도 어떤 때는 고개를 숙이고 발부터 넣고 엉덩이를 시트에 앉으며 잘 타는데, 어떤 때는 바짝 선 채로 허리를 굽히지 않아 자꾸 머리를 자동차에 부딪친다. 그래서 억지로 왼발을 먼저 차안으로 넣어 앉히고 머리를 눌러서 차에 태운다. 정말 힘이 든다.

요양원으로 가는 동안 나는 운전을 하며 남편의 손을 꼭 잡았다. 그러자 남편이 물끄러미 나를 바라보며 미소를 지었다.

"우리 조금 있으면 좋은 집으로 이사를 간다. 아들들이 새집을 사줬다. 이사를 가면 우리 같이 재미있게 살자. 그동안 선생님 말씀 잘 듣고 잘 자고 있어라."

그런데 기대도 하지 않았건만 거짓말처럼 남편이 나를 바라보며 말했다.

"고맙습니다."

"아니, 당신 어떻게 이렇게 말을 똑똑하게 잘 하는데?"

정말 감동이었다. 이렇게 똑똑하게 말을 잘 하다니 꿈만 같았다. "고맙다."도 아니고 "고맙습니다."라니.

'그래 이사를 하면 집으로 데려와 같이 잘 살아보자. 틀림없

이 더 좋아질 거다.'

나는 속으로 되뇌며 요양원으로 갔다. 이제 더 이상 우울하지 않았다. 2주 후엔 같이 살 거니까. 내일은 일요일이지만 동생들과 새로 이사를 갈 집을 청소해야 하니까, 요양원은 갈 수가 없다. 일주일 후에나 또 남편을 만날 수 있겠구나.

기다리던 토요일이다. 늦잠을 자고 일어나 아침을 먹고 단풍놀이를 갈 준비를 해서 요양원으로 갔다. 배 1개, 송편 10개를 데우고, 아들이 사온 케이크도 가지고 갔다.

그런데 오늘은 남편이 눈은 반쯤 뜬 채로 곤히 자고 있다. 흔들어 깨웠지만 깨지 않는다. 요양사가 어제 밤 내내 잠을 안 자고 이제 잠이 들었다고 했다.

오늘은 남편 친구들과 단풍놀이를 가자고 약속했는데 이래서는 같이 갈 수 없을 것 같았다.

일으켜 세워도 자꾸 앉으려 하고 잠에서 깨지도 않고 눈도 뜨지 않는다. 잠이라도 좀 깨워 보려고 휠체어에 태워 1층으로 내려갔다. 억지로 일으켜 세워 같이 마당을 걸어보려 했지만 걸음도 잘 떼지 못했다.

잘못하다가는 넘어져서 사고가 날 것 같아 겁이 나고, 나 혼자 힘으로는 남편을 감당할 수가 없었다. 잠을 깨우는 걸 포기하고 일단 자동차에 억지로 태웠다. 청도 친구 집으로 갔지만 남편은 여전히 코를 골며 자고 있었다. 깨울 수가 없었다. 자동차 창문을 좀 열어두고 카시트를 눕혀서 편하게 해 준 뒤에 친구들에게 전화해 오늘은 같이 가지 못할 것 같다고 얘기했다.

30분을 달려 집으로 왔지만 남편은 여전히 잠에서 깨지 않았다. 경비아저씨를 불러서 차에서 남편이 내리도록 도와달라고 했지만 내릴 수가 없었다. 나는 겁이 나기 시작했다. 지난 어버이날에도 2~3일간 계속 잠만 자서 영남대 응급실로 간 일이 있었는데… 하지만 그때는 신경안정제와 수면제 과다복용으로 잠에서 오래도록 깨어나지 못했었다. 그런 몽롱한 상태에서 요양보호사 선생님들이 밥을 먹여 흡입성 폐렴에 걸렸던 기억이 되살아났다. 제발 아무 일없이 잠에서 깨어나 주면 좋겠다. 남편은 점심도 못 먹었고 저녁도 못 먹일 것 같았다.

하는 수 없이 다시 요양원으로 갔다. 요양보호사들의 부축을 받으며 남편을 차에서 내려 휠체어에 태워 5층으로 올라갔다. 침대에 뉘어 편하게 자도록 하고 잘 지켜봐달라고 부탁하고 요양원을 나왔다.

정말 이럴 때는 아무것도 할 수 없는 내가 안타깝고 속상했다. 제발 무사히 잠에서 깨어나기만을 바랄 뿐이다. 언제는 자지 않아서 걱정이고 이젠 너무 자는 게 문제다. 정말 이대로 가수면 상태에서 못 깨어나면 어쩌나 하고 다급해서 주님을 찾았다.

"제발 제 남편 좀 어떻게든지 되돌려 주세요, 당신이면 무엇이라도 하실 수 있잖아요?"

　그러지 않아도 나는 그저께부터 눈에 실핏줄이 터져 왼쪽 눈은 토끼처럼 빨갛고, 감기기운도 있어 목에 수건을 감고 있다. 아들이 먹다 남은 감기약을 어제 저녁부터 먹었다. 밤 사이에 감기라도 나아야 할 텐데….

낙엽 따라
가버린 사람

너무도 빨리 찾아온 이별에
나는 또 남편에게 입을 맞추며 목을 놓고 엉엉 울었다.
"그래, 여보! 그동안 너무도 고생했어.
이제 천국에 가서 잘 살아요.
안녕! 내 사랑! 영원히 사랑해! 그리고 미안해!"
남편은 11월을 다 채우지 못하고,
낙엽 따라 가버리고 말았다.

대학병원의 악몽

10월 21일(일)

어젯밤 잠을 설치고 아침에 겨우 일어나 요양원으로 갈 준비를 했다. 11시 쯤, 요양원에 도착하니 남편은 어제처럼 여전히 코를 골며 깊은 잠에 빠져 있었다.

담당 요양보호사가 아침에는 잠시 잠에서 깨어나 뉴케어(캔에 든 죽)를 좀 먹였다면서 병원으로 모시고가는 게 어떠냐고 했지만 원장님과 나는 깊은 잠에 빠진 사람을 응급실로 데려가는 건 아닌 것 같아 그만 두었다. 일요일이라 좀 더 지켜보고 내일 병원에 데려가기로 하고 집으로 돌아 왔다.

갑자기 지난주에 내게 "고맙습니다."라고 똑똑하게 했던 말이 나의 머리를 스쳤다. 불길한 예감이 들었다. "아닐 거야, 아닐 거야." 고개를 저으며 생각을 털어버렸다.

날씨는 어찌 이리도 좋은지 더 속상하고, 지금 남편 곁에는 나 혼자뿐이라는 생각이 들었다. 그래, 그분께 의지하자. 남편을 빨리, 긴 잠에서 깨어나게 해 달라고. 나도 모르게 두 손을 모으고 기도를 했다.

조금 쉬고 있을 때 요양원에서 전화가 왔다. 남편이 산소부족으로 혼수상태에 있었던 것 같다면서 영남대 병원으로 오라고 했다.

나는 가슴이 철렁 내려앉았다.

허겁지겁 차를 몰고 병원으로 갔더니 119가 도착해 있었는데, 남편의 얼굴에는 핏기가 하나도 없다.

병원응급센터에서 호흡기내과 침상이 없다며 다른 병원으로 가라고 해서 동산병원 응급실로 갔다.

산소보조기를 끼우고 링거를 달아 응급조치를 취한 응급실 의사가 만일의 경우 인공호흡기를 달 것인지를 물었다. 내가 생각할 시간을 달라고 하자 의사는 이걸 결정하지 않으면 치료를 진행할 수 없다고 한다. 작은 아들에게 형과 작은 아버지, 고모, 고모부에게 전화해서 병원으로 오시도록 했다. 가족이 같이 결정을 해야 할 것 같았다.

고모부가 의사라 이런 일이 생길 때면 항상 먼저 전화로라도 의견을 듣고 조언을 구하곤 했는데, 마침 일요일이라 바로 병원으로 오셨다.

고모부는 치매와 직접 관련된 병이 아니면 어쨌든 치료를 해

서 회복시켜야 한다고 하셨다. 결국 위급한 상황이 오면 심폐소
생술은 하지 않더라도 인공호흡기는 다는 것으로 결정했다. 아
이들도 그러자고 했다.

응급실에서는 그곳에 도착한 가족 모두의 자필 확인을 받았
다. 최악의 경우 중환자실로 가서 인공호흡기를 달고 치료하다
가 다행히 나을 경우에는 호흡기를 제거할 것이고, 만약의 경우
병이 악화되면 사망을 해야만 호흡기를 제거할 수 있다고 재차
확인시켜 주었다.

순간 눈앞이 캄캄해졌다.

항생제를 최대한 투여하고 치료에 들어가면서 일단 내일 출근
을 해야 할 아들과 다른 가족들을 돌려보냈다. 어차피 응급실에
는 보호자 한 사람만 있어야 했다.

나는 오늘밤이 고비라고 해서 꼼짝할 수가 없었다. 그러지 않
아도 나는 목요일부터 왼쪽 눈의 실핏줄이 터져 토끼 눈처럼 빨
갛게 충혈되고, 감기몸살로 힘들던 터에 응급실에서 대기하다
보니 컨디션이 더욱 엉망이 되었다.

마음 준비도 없이 갑자기 응급실로 와서 아무것도 가져오지
않아 우선 매점에서 필요한 걸 사서 쓰고 의자 하나에 의지해 긴
밤을 꼬박 새웠다.

치매환자는 잠시도 눈을 돌리지 못한다. 언제 어떤 사고가 일

어날지 모른다. 화장실이라도 갈 때면 실습을 나온 학생간호사에게 좀 봐달라고 당부하고 다녀왔다.

남편도 깊은 잠을 자지 못하고 밤새도록 수잠을 잤다. 코에는 산소보조기를 꽂고 팔에는 링거를 꽂아 폐렴치료를 위한 항생제를 맞고 있다.

응급실의 전등은 얼마나 밝은지 눈이 부셔 따갑기까지 했다. 거기다 고래고래 고함을 지르며 손을 풀어달라고 욕설하는 젊은 응급환자와 응급실로 119를 불러 와놓고서는 도착하니 아프지 않다고 치료를 거부하고 링거를 빼며 고함을 치는 아주머니 때문에 그야말로 아수라장이었다.

시계를 보니 아직도 새벽 2시가 지나지 않았다. 언제나 이 밤이 지나갈까. 지루함을 달래며 또 주님을 찾아 간절히 기도하고 있는 나를 발견했다. 이 밤만 무사히 잘 보내면 위험한 순간은 지나간다고 하니 빨리 새로운 아침이 밝아오기만을 기다렸다.

혈압, 체온, 산소수치(spo2), 맥박(prbpm)이 제자리를 찾아 안정이 되어가고 있었다. 뜬 눈으로 밤을 지새우고 아침이 밝았다.

10월 22일(월)

의료진들이 교대를 하고 새로 호흡기내과의 주치의가 남편을 담당하면서 내게 설명했다.

"지금은 많이 안정이 되었습니다. 그래도 순간적으로 나빠지면 중환자실로 옮겨 인공호흡기의 도움을 받아 치료해야 하고 식사는 코줄로 공급하는 상황이 올 수도 있습니다."

나는 주치의가 알려주는 겁나는 말을 듣고는 울음을 터뜨렸다.

점심시간이 지나면서 남편은 호흡도 맥박도 안정되어가고 혈압, 체온도 정상을 되찾기 시작했다. 오후 2시쯤 접수처 직원이 입원수속을 하라고 연락이 왔다.

중환자실로 가는지, 일반병실로 가는지 확실치는 않았지만 응급처치는 끝나가는구나 하는 안도감에 조금은 마음이 편해졌다.

4시쯤 주치의가 다시 와서 "정창웅 환자, 저녁 때 일반병실로 입원할 겁니다."라고 했다. 정말 기쁘고 다행이다. 중환자실로 가지 않게 되어서. 이제 정말 고비는 확실히 넘은 것 같다.

그런데 문제는 내 컨디션이 말이 아니다. 지독한 감기몸살에 걸린 것 같다. 아예 목소리가 나오지도 않는다. 하지만 어쩔 도리가 없다. 오후 6시경, 우리는 일반병실 다인실로 옮겼다. 7인실이라 공기도 탁하고 어수선하지만 응급실보다는 훨씬 낫다.

소변은 소변 줄로 보고 있지만 병원에 온 후 처음으로 대변을 본 것 같다. 고약 같은 변을 많이도 봤다. 나는 처음이라 어쩔 줄 몰라 하며 새 기저귀로 갈아주고 물수건으로 닦아주었다. 이렇게 대변으로 나를 힘들게 한 건 처음이다.

이제 또 이 밤을 어떻게 보낼까 걱정이 앞선다. 아들이 퇴근을 해서 병원으로 왔다가 나를 보고 말했다.

"오늘밤은 엄마가 케어를 하고, 내일부터는 밤 만이라도 간병인을 쓰든지 아니면 2, 3인실을 쓰자."

나는 밤에 간병인을 쓰겠다고 했다.

아들을 다시 집으로 보내고 혼자 병실에 남게 되었다. 병실엔 모두 남자 환자들이지만 간병하는 분들은 거의 여자들이다.

이틀째 아픈 몸으로 병실에서 밤을 보내자니 너무 힘들다. 더구나 맞은편의 환자가 밤새도록 보호자를 불러대서 모두들 뜬 눈으로 보냈다. 좀 조용히 하자고 해봐도 소용이 없고 여전히 가족들 이름을 차례로 불러대는데, 정작 간병하던 부인은 1층으로 피신을 하고 없다. 이래서 아들이 2, 3인실로 옮겨주겠다고 했나보다.

이제 남편은 지난봄에 입원했을 때보다 기력도 없고 얌전해져서, 주변 사람들에게 피해를 주지 않아 그나마 다행이다. 그래도 어제 밤에 응급실에서 의자 하나로 지새던 것에 비하면 누워서 잠시라도 쉴 수 있어서 다행이다. 밤새 환자들 석션을 해 주고, 체온, 혈압을 체크하느라 뜬눈으로 보내는 간호사 선생님을 보면서 새삼 고마운 마음이었다.

10월 23일(화)

아침은 약속이나 한 듯 다시 찾아왔다. 무사히 밤을 보냈다는 사실에 감사하며 새날을 맞았다. 오늘부터 저녁에 간병사가 온다고 생각하니, 그래도 조금 힘이 났다. 교대해 줄 사람이 없어서 식사도 제대로 못하고 많이 지치기도 하고, 이제는 목소리가 아예 나오지도 않는다. 평생 이렇게 아파보기는 처음이다. 다행히 점심 때 남편 친구와 부인들이 문병을 와 그분들이 남편을 돌보는 동안 나는 부인들과 오랜만에 마음을 놓고 점심을 먹을 수 있었다.

이제 남편은 조금씩 좋아지고 있는 것 같다. 하지만 여전히 금식이고 물 한 방울 마시지 못하고 있다. 가끔씩 가래를 빼 주는데 너무나도 괴로워해서 눈물이 난다. 보기에도 안타깝고 힘들다. 하루해는 어찌 이리도 긴지, 아무것도 하지 않고 환자만 케어 한다는 게 생각보다 무척 힘든 일이라는 걸 새삼 깨닫게 된다.

치매환자는 순간적으로 사고가 나기 때문에 잘 지켜보고 있어야 한다. 양손을 결박을 해 두어도 고개를 숙여 산소 줄이나 링거 줄을 빼기도 한다. 그렇게 되면 새로 시술을 해야 하는데, 가만히 있지도 않고 온몸으로 거부하기 때문에 본인도 힘들고, 시술하는 선생님들도 힘들고, 보고 있는 나도 괴롭다.

저녁 7시 30분쯤 아들이 퇴근해서 오고 간병사도 왔다. 남편을 잘 돌봐달라고 부탁하고 병실을 나왔다. 지난 일요일 오후 4시에 응급실로 와서 이제 병원 바깥으로 처음 나가는 거다.

갑자기 배가 고팠다. 우리는 간단하게 저녁을 먹고 집으로 돌아왔다. 52시간 만에 집으로 돌아가고 있다. 집은 엉망이고 먹을 것도 없다. 이사를 해야 하기 때문에 냉장고도 텅텅 비워놓았다.

대충 치우고 잠자리에 들면서 정말 이렇게 집에 와서 편안히 잘 수 있음에 감사의 기도를 드렸다.

10월 24일(수)

아들을 깨워 같이 아침을 먹고 나는 병원으로, 아들은 회사로 출근을 했다. 지난밤에는 남편도 잘 지냈다고 했다. 오늘부터는 코에 호스를 꽂아 아침, 점심, 저녁 각 100cc씩 유동식을 준다고 했다.

동생들과 언니가 문병을 와서 옆자리 보호자에게 잠깐 봐달라고 부탁하고 구내식당으로 가서 같이 점심을 먹고 왔는데, 이렇게 잠깐 자리를 비웠다가 내가 나타나면 남편은 환하고 행복한 웃음을 짓는다.

내가 당신의 아내라는 걸 남편은 알고 있을까? 몰라도 좋다. 눈이 마주치면 그냥 웃어주기라도 한다면. 남편은 요양원으로 가기 전부터 기분이 좋으면 나를 보고 가끔씩 "엄마!"라고 불렀으니까.

오늘은 또 새로운 간병사가 오기로 되어 있다. 간병사들도 힘든 환자는 별로 좋아하지 않는다. 치매환자라 손이 많이 가기 때문에 자꾸 사람이 바뀐다. 속상하다.

내일은 이사를 해야 하기 때문에 낮에는 두 아이가 교대로 간병을 해야 한다. 그래서 천안에서 일하는 큰 아들은 오늘저녁 퇴근을 한 뒤 이틀짜리 휴가를 내서 온다고 하고, 작은 아들은 하루 휴가를 냈다고 했다.

하필 이사를 앞두고 이런 일이 생기다니… 그래도 어쩔 수 없는 일이다. 간병사와 교대를 하고 아들과 집으로 왔다.

낮에 12시간 간병을 하는 일은 장난이 아니다. 밤에는 잠시나마 눈이라도 붙일 수 있지만 낮에는 잠시도 쉴 수가 없으니 긴장의 연속이다.

내일 아침 7시에 이사업체에서 짐을 싸러 온다고 해서 6시 30

분 알람을 맞춰놓고 일찍 잠자리에 들었다. 큰 아들은 퇴근하고 출발해서 새벽에 도착한다며 먼저 자라고 연락이 왔다.

10월 25일(목)

이사를 하는 날이다. 새벽에 두 아들과 함께 간단하게 아침을 먹었다.

7시가 채 되지 않아 이삿짐을 싸러 사람들이 집으로 왔다. 큰 아들은 아침 일찍 병원으로 가고 나는 이사 일을 시작했다. 새 집을 사서 이사하는데도 즐겁기는커녕 자꾸 눈물이 나서 사람들 몰래 돌아서서 몇 번이나 울었다. 눈은 빨갛게 충혈되고 감기는 더 심해졌다.

병원에서 큰 아들이 "아빠가 응가를 했는데, 할 줄 모른다. 큰 일 났다."면서 바쁜 와중에 다시 문자를 보냈다. "옆의 간병사에게 좀 부탁해서 해결해라. 엄마가 가서 인사할게."라고 문자를 하면서, 몸은 집에 있지만 마음은 병원에서 벗어날 수가 없다. 하루가 어떻게 갔는지 모르겠다.

4시 30분 무렵에 이사는 대충 끝냈지만 집은 엉망진창이었다. 넓은 집에서 좁은 집으로 이사를 하다 보니 제대로 정리가 되지 않는다. 포장이사라지만 이사업체는 그냥 마구잡이로 아무 곳에나 쑤셔 넣고는 그냥 가버렸다. 돈은 돈대로 받고도 달랑 여자 혼자 있으니까 대충하고 가버린 것 같다. 이래서 집안에는 남자가 있어야 된다고 하는가 보다.

10월 30일(화)

주치의가 이제 많이 안정돼 내일쯤 퇴원을 해도 된다고 했다. 하지만 집으로는 퇴원을 시켜줄 수가 없으니 요양병원으로 모시라고 했다.

지인의 소개를 받은 요양병원을 답사도 할 겸 상담을 약속했다. 간병인에게 남편을 맡기고 상담을 하러 가고 있을 때 병원에서 전화가 왔다. 코줄로 경관식을 준 게 일부 폐로 넘어가고 있어서 위로 직접 호스를 연결해 피딩을 해야 한다고.

"아니, 무슨 이런 일이….."

운전대를 쥔 손에 맥이 풀렸다. 하지만 가던 길을 갈 수밖에 없었다. 그냥 약속대로 요양병원으로 가서 환자의 상황을 설명하고 다시 날을 잡아서 퇴원하면 요양병원으로 오겠다고 했다.

요양병원은 장기요양보험과는 달리 보호자가 모든 비용을 부담해야 한다. 8인실 하루 간병비가 환자 1인당 15,000원, 1달이면 450,000원에, 병실료 및 치료비, 식비 등으로 대략 500,000원, 그리고 기저귀 값으로 50,000원 정도 부담해야 한다. 어쨌든 한 달에 100만 원 이상이 든다.

　이제 며칠 상태를 지켜보면서 위내시경실에서 배에 줄을 연결하는 시술을 앞두고 있다. 매일 살얼음판을 걷는 것처럼 조마조마하다.

11월 2일 (금)

　어느새 10월도 다 지나고 11월이 되었다. 남편은 가래가 너무 많이 끼어 하루 4번 흡입치료를 시작했다. 코에 마스크 같은 것을 쓰고 4가지 약을 흡입시키는 것이다. 가래를 묽게 하고 기관지를 확장시키는 데 도움을 준다고 했다.

　어제 밤 10시부터 시술을 위해 다시 금식을 했다. 입원한 지 13일째인데 아예 입으로는 물 한 방울 마시지 못하고 코줄로 1주일 경관식을 피딩한 것이 고작 음식을 섭취한 것의 전부다.

　입안은 하얗게 막이 끼어 있어 보기에도 안타깝다. 지난밤에는 열이 37.6~7도로 올라 피검사를 비롯해 몇 가지 검사를 했다는데 내가 병원에 도착했을 때는 열이 조금 내려서 37.4도였다. 소화기내과에서는 미열이라도 시술은 할 수 없다면서 다시 연기되었다.

　담당교수가 아침에 회진을 왔다가 나를 복도로 불러냈다.

　"남편의 종말이 얼마 남지 않았습니다. 제가 보기에 의학적으로는 이미 죽은 거나 마찬가지입니다. 언제 다시 폐렴이 심해져서 어려운 상황이 올지 모릅니다. 마음의 준비를 하세요."

나는 믿을 수가 없었다. 응급실로 오기 전까지 혼자서 걷고, 혼자서 밥을 떠먹고 잘 지냈는데, 그래서 나는 새집으로 이사를 한 뒤 집으로 데려와 함께 살려고 준비했는데, 주간보호센터에 상담도 해 놓고, 의료용 침대도 렌탈을 부탁해 놓았는데… 요양병원이 아니면 퇴원을 못시켜 준다고 해서 일단 요양병원으로 퇴원했다가 보름이나 한 달쯤 지나 좋아지면, 집으로 데리고 오려고 생각했는데… 그런데… 이게 끝이란 말인가? 이렇게 빨리 간다는 말인가? 눈물이 앞을 가려 나는 그 자리에 못 박혀 울었다.

11월 3일(토)

아빠 간병 때문에 큰 아들이 천안에서 밤늦게 내려왔다. 큰 아들을 일찍 깨워 같이 밥을 먹고 병원에 데려다 준 다음, 이사를 한 뒤 모처럼 집 정리를 하고, 세탁을 하고, 청소를 하고, 화분에 물을 주고, 항아리들을 옥상에 올려다 두었다. 미친 듯이 집안일을 끝내고 12시에 점심을 간단히 먹고 다시 병원으로 갔다.

오늘은 남편 컨디션이 좀 좋은 것 같다. 아들에게 점심을 먹고 오라고 보냈더니 한참 지나서 양손 가득 맛있는 커피를 사서

들고 왔다. 같은 병실의 보호자들과 맛있게 나누어 마신 다음 4시가 다 되어 아들은 다음날 출근을 해야 해서 다시 천안으로 올라갔다.

다음 주에도 못 오고 그 다음 2주는 중국 출장이라 오지 못한다는데, 혹시 그동안에 아빠에게 무슨 일이 생기면 어쩌나 걱정을 하면서 못내 떨어지지 않는 걸음으로 조금씩 멀어졌다.

아들이 간 뒤로 남편이 제일 예뻐하던 하나뿐인 조카딸이 병문안을 왔다. 아이 셋을 어쩌고 왔느냐고 물어도 대답 없이 울기만 했다. 조카딸도 3년 전에 60세 새파랗게 젊은 엄마를 폐암으로 보냈다.

조카딸은 엄마를 간병할 때도 의사 몰래 조금씩 입으로 음식을 먹였다고 하면서 큰아빠에게도 의사 몰래 먹여보라고 했다.

그 말을 들으니 조금 위안이 되었다. 나도 요양병원으로 남편을 옮기면 조금씩 입으로 음식을 먹여봐야겠다. 팔 다리에 이렇게 힘이 있는데 마지막이라니 말도 안 된다. 이래도 죽고 저래도 죽을 바에야 차라리 먹여보리라 다짐했다.

이렇게 또 토요일이 지나간다. 금식이라 코로 연결된 관으로 4회 약을 먹이고, 흡입치료를 4회 시키고, 기저귀 갈아주고, 체위를 바꿔주고, 링거로 약물투여를 하는 걸 지켜보는 게 매일 되풀이되는 일이다.

저녁 8시, 간병인과 교대하고 병원을 나왔다. 서문시장에서 우동을 사먹고 집에 도착하니 9시다. 피곤해서 아무것도 하지 않고 잠자리에 들었다.

사는 게 사는 게 아니다. 이사를 와서 어디에 뭐가 있는지 아직도 오리무중이며, 집에는 먹을 게 거의 없다. 그냥 김, 김치하고 계란프라이와 동생이 해서 보낸 반찬으로 버틴다.

11월 4일(일)

작은 아들은 어제 회사 체육대회에 가더니 새벽에 들어왔다. 휴일이라 좀 쉬고 싶어서 아들을 병원으로 보내려다가 곤히 잠든 아이를 깨우기가 싫어 그냥 내가 교대하기로 마음먹고 집을 나섰다.

이번 간병사는 일을 아주 잘 해 줘서 계속해 주면 좋겠는데…. 병문안을 오신 분들이 건네는 위로금으로 일단 간병비를 해결하고 있다.

하룻밤 환자를 돌보는 데 55,000원이라고 하면, 적거나 많다고 규정할 수는 없는 돈이지만 그래도 간병은 힘든 일이다. 간병인에게 너무 고맙다.

다행히 남편의 체온, 혈압, 당수치도 안정적이다. 내일 시술을 해서 며칠 지켜보고 요양병원으로 갔으면 좋겠다. 어제 밤늦게 요양원 원장에게 문자를 보냈다.

"원장님, 8개월 동안이나 모시고 있던 어른이 응급실로 간 지 2주가 지났는데 어떻게 전화 한통 없고 병문안 한번 오지 않으세요? 정말 서운하네요."

그런데 답이 없었다. 오히려 오늘, 10월 요양비를 내라는 문자만 왔다. 괘씸한 생각이 들고 요양원을 운영할 자격이 없는 사람이라는 생각이 든다.

남편은 자꾸 잠만 잔다. 어젯밤 잠을 자지 않은 건가? 점심때 아들이 성당에서 보조의자 2개와 전기면도기를 가져와 아빠 수염을 깎아주고 갔다. 병실에 침상이 7개라 침대 사이에는 병실에 있는 의자는 놓을 수가 없고 보조의자가 안성맞춤이다. 그래야 남편을 바로 옆에서 돌볼 수 있다.

11월 6일(화)

새벽공기를 가르며 자동차로 병원을 향해 달린다. 오늘은 처음으로 도시락을 싸가지고 왔다. 이제 병원생활도 조금 적응이 되고, 남편도 기력이 쇠약해져 많이 움직이지 않아 손이 덜 간다. 오후에 위내시경을 보면서 배에 피딩 관을 꽂는 시술을 한다고 했다.

오전에는 복용할 약이 없어서 흡입치료만 한 차례했고, 시술 전에 다시 피검사, 가래검사, 혈압, 체온 등을 체크했다. 주치의 회진도 있었는데, 지금 상황에 대해 자세히 알고 싶어 물어 보았지만 자기가 다 지켜보고 있다는 말을 할 뿐 설명을 해 주지 않는다.

11시 40분경, 위내시경센터로 남편을 데려갔고, 11시 55분 남편을 실은 침대가 위내시경실로 들어갔다. 나는 밖에서 마음을 졸이며 기다렸다. 30분 만에 시술이 끝났다며 내시경실의 문이 열리고 남편의 침대가 나왔는데, 아직 마취 상태에서 깨어나지 못한 상태다. 마침 남편 대학동기 내외가 내시경센터로 찾아왔다가 남편을 보고는 안타까워 어쩔 줄을 몰라 했다. 그래도 나는 그들이 우리들 곁에 있다는 것 자체가 위로다.

그분들은 병실로 같이 와서 병자를 위한 기도를 해 주면서 서운해 하지 말고 꼭 병자성사를 보라고 권했다. 정말 그래야겠다.

남편의 사업이 부도난 후 우리 부부는 오랜 시간 동안 성당에 나가지 않았다. 정말 조금이라도 정신이 맑을 때 성사를 보도록 해야겠다. 작은 아들에게 전화해서 친구 신부님께 병자성사를 부탁하라고 했다.

저녁때 고모, 고모부가 병문안을 왔다. 고모부는 산부인과 개업의다. 남편을 보더니 당분간은 요양병원에 모시는 게 좋을 것 같다고 했다. 간병사에게 뱃줄로 첫 피딩을 잘 해달라고 부탁하고 셋이서 병원을 나왔다. 고모부가 저녁을 사 주셨다. 감기가 심했는데 대구탕이 몸을 따뜻하게 해 주는 것 같다.

11월 7일(수)

아침 8시에 병원에 도착했다. 어젯밤에 뱃줄로 피딩을 하고 아침에는 피딩을 반만 하고 남은 것은 우선 중단하라고 주치의 지시가 내려졌다.

남편의 컨디션은 좋아보였다. 11시에 엑스레이를 찍으러 1층으로 내려갔다. 배와 가슴을 찍었다. 배에 공기가 좀 차 있지만 수술은 잘 되었다고 했다.

12시쯤 주치의가 회진을 왔다. 조금 더 지켜보기 위해 오늘은 금식하자고 하며 2, 3일 지켜보고, 별 일 없으면 금요일이나 토요일 요양병원으로 퇴원하자고 했다.

내가 남편을 집에서 모시고 싶다고 했더니, 1, 2달 정도 배로 피딩이 적응되면 집에서도 모실 수 있을 거라며 1주일에 2, 3번 방문간호사에게 배에 드레싱을 받고, 매일 요양보호사의 방문케어를 받으면 된다고 하니 희망이 생겼다. 나도 모르게 눈물이 왈칵 쏟아졌다. 이 기쁜 소식을 아들에게 전하려고 했지만 아침에 급하게 오느라 휴대전화를 집에 두고 왔다.

집에서 가져온 도시락으로 점심을 먹고 있는데도 남편은 계속해서 잠만 잔다. 간호를 하기는 쉽지만 걱정이 된다. 점심때 어제 수술한 소화기내과에서 수술한 부위에 드레싱을 하고 갔다. 배의 정중앙을 째서 구멍을 내고 줄을 꽂은 것 같다.

오히려 코에 연결한 관보다는 본인도 덜 괴롭고 관리하기도 쉬운 것 같고 보기에도 좋다. 배는 복대를 감아주니 손도 대지 않는데, 코로 연결한 관은 자꾸 빼려고 해서 잠시도 눈을 돌릴 수가 없었다.

점심 약을 배로 연결된 관으로 투약하고 흡입치료를 하고 기저귀를 갈아주는데 자꾸 졸린다. 주말에 퇴원해서 남편을 요양병원으로 옮긴 뒤에는 정말 하루 종일 잠만 자야겠다.

매일 욕창을 방지하기 위해 침상에 올라가서 다리와 등을 두드리고 주물러 주느라 오른쪽 무릎이 많이 아파서 밤에는 잠을 설친다. 거의 2주 이상 걷기 운동조차 못하고 있다.

간병사와 교대할 즈음, 남편의 체온이 37.4도로 올랐다고 못난이 간호사가 호들갑을 떨었다. 우리 병실에서 못난이로 통하는 이 간호사는 항상 머리가 자다 일어난 것처럼 헝클어져 있고 불친절해서 우리가 붙인 별명이다.

내가 간병사와 교대를 한 뒤에 간호사실에 들러 위급한 상황이 아니면 더 이상의 검사는 하지 말라고, 하더라도 내일 아침에 하자고 했더니, 못난이 간호사는 내게 치료 거부하는 거냐고 퉁명스레 대꾸한다.

11월 8일(마의 목요일)

10시쯤 에스레이를 찍으러 1층으로 가라고 했다. 나는 어제도 엑스레이 찍고 와서 감기에 걸린 것 같다면서 그냥 병실에서 찍으면 안 되느냐고 간호사에게 물었더니 주치의 지시라서 따라야 한다는 답이 돌아왔다.

병실은 따뜻하지만 복도나 엘리베이터나 1층은 외기 때문에, 보호자인 나도 실내복으로 그냥 갔더니 추웠다. 에스코트했던 직원은 사진을 다 찍고 나면 모시러 오겠다며 침대를 복도에 붙여두고 가버렸다.

조금 기다리니까 "정창웅 씨" 하고 호명을 했다. 나는 좀 도와달라고 하면서 침대를 밀어 8호 방으로 들어갔다.

나는 어디를 가든지 "이 사람은 치매환자라서 말귀를 잘 알아듣지 못합니다."고 미리 알려준다.

대개는 이런 내 설명을 귀담아듣지도 않을 뿐더러 귀찮은 티가 역력하다. 역시나 방사선 기사에게도 미리 말했지만 알았다고 간단히 대꾸하고는 환자의 등 밑으로 사진판을 넣으려고 나를 보고 좀 잡아달라고 했다.

하지만 꿈쩍도 하지 않았다. 그러자 나를 제치고 두 기사가 남편을 번쩍 들었다 놓았다. 그 순간 남편의 배에 난 구멍이 내 눈에 들어왔다. 뱃줄이 쑥 빠진 것이다.

나는 순간적으로 고함을 질렀다.

"뱃줄이 빠졌잖아요!"

눈 깜짝할 사이에 일어난 의료사고다.

"아니 어떻게 환자를 다루는 사람들이 이렇게 환자를 짐짝처럼 다루다가 뱃줄도 보지않고 무식하게 뺄 수 있습니까? 빨리 균 들어가지 않게 응급조치부터 하세요. 이 시간 이후의 상황에 대해서는 당신들이 책임져야 합니다."

내가 연신 울부짖자 당황한 기사들은 거즈를 붙이고 소독약을 바르고 난리를 치고는 주치의에게 전화를 했다면서 정말 죄송하다고 사과를 했다.

하지만 나는 화가 풀리지 않았다. 나는 기사들 이름과 방 번호를 메모하고는 일단 침대를 밀어서 남편을 병실로 데려왔다.

보고를 받았는지 만삭의 주치의가 안절부절 하면서 복도에서 기다리고 있었다. 나는 "이럴 수가 있느냐?"면서 울며불며 항의했다. 당황한 주치의가 내게 진정을 좀 하시라며 달랬지만 바로 진정이 될 리가 없었다.

일단 오늘 오후에 소화기내과에서 뱃줄을 확인해 보고 경과를 지켜보면서 다시 피딩 줄을 시술할 것이라고 했다. 그러면 당연히 퇴원은 또 연기되는 것이다.

나는 겨우 마음을 진정시키고는 고모부 병원으로 전화를 했다. 진료 중인지 바로 전화를 받지 않았다. 조금 지나 고모부로부터 전화가 와서 방사선과에서 일어난 일을 소상히 얘기했더니 고모부도 우선은 흥분을 가라앉히고 의사가 처방하는 대로 따르라고 했다.

오후가 되자 주치의가 다시 병실로 왔다. 2층 원무과에 남편의 의료사고를 접수해 놓았으니 가서 상담을 받으라고 했다.

이런 와중에 동생 내외가 점심과 반찬을 만들어 병문안을 왔다. 그리고 큰 시동생도 왔다. 그간 있었던 일을 얘기해주고 다들 돌려보냈다.

정신을 차리고 점심을 간단히 먹고 한숨 돌리고 있으려니 작은 아들에게서 전화가 왔다. 퇴원은 잘 진행되어 가느냐고. 기가 찰 일이다. 어쩔 수 없이 오전에 있었던 의료사고에 대해 설명해주었다. 병원으로 아들이 바로 달려왔다.

2층 원무과로 가서 의료사고 상담을 했다. 아니 상담이 아니고 경위 설명을 다시 해야만 했다. 담당자는 설명을 듣고, 죄송하다는 얘기만 하고 아무런 해결책도 제시하지 않았다. 그냥 연락처를 묻기에 퇴직 전 사용하던 명함을 던져주며, 치료비는 한 푼도 못 내겠고, 남편의 치료가 연기된 것에 대한 책임과 나의 정신적, 육체적 피해까지 보상하라고 소리치고 나왔다.

남편이 다시 시술을 받기 위해 내시경실로 들어간 지 10분이나 지났을까? 갑자기 내시경실이 소란해지기 시작하고 여기저기서 관련자들의 발걸음들이 빨라졌다. 순식간에 가운을 입은 의사들이 10여 명이나 뛰어서 몰려들었다.

나는 순간적으로 무엇인가 잘못되어가고 있다는 것을 직감적으로 느낄 수 있었다. 남편의 주치의도 놀라며 만삭인 배를 잡고 달려왔다. 나는 숨을 쉴 수가 없어 그 자리에 주저앉았다. 옆에 있던 아들이 일으켜서 의자에 앉혀 주었다.

그렇게 몇 분이 숨 가쁘게 지나가고 의사들이 하나 둘씩 내시경실에서 나와 각자의 자리로 돌아가기 시작했다. 주치의가 내게로 다가왔다.

"어머니, 많이 놀라셨지요? 저도 많이 놀랐어요. 하지만 이제 수습이 되었어요. 마취제 프로포폴을 40 썼는데 마취가 되지 않아 20을 더 쓰자 쇼크가 와서 그 난리가 났답니다."

산소통이 내시경실로 들어가고 곧 남편의 침대가 내시경실 밖으로 나왔다. 오늘은 더 이상 시술을 할 수 없고 경과를 보면서 이제는 내시경으로 하지 않고 병실에서 발룬 타입으로 시술을 할 것이라고 설명했다. 나는 아무 말도 들리지도 않고 그저 벌벌 떨리기만 했다. 겨우 정신을 차리고 보니 만삭인 주치의가 오히

251

려 걱정되기 시작했다.

오전, 오후 벌어진 사건으로 정말 힘들었을 것 같은데도, 내게 차분히 설명을 해 주는 게 고마웠다. 같은 여자로서 아이를 낳았던 경험이 있으니 더 이상 무슨 말을 할 수가 없었다. 그래도 오늘밤은 책임지고 잘 보살펴달라고 부탁했다. 병실로 돌아와서 남편의 기저귀를 갈아주고 남편에게 속삭이며 손을 잡아주었다.

"여보, 오늘 하루 너무 힘들었지? 그리고 미안해, 지켜주지 못해서."

아무리 생각해도 정말 이런 일은 있을 수가 없는 일이다. 오전에 병실에서 엑스레이만 찍었어도 이런 일을 겪지 않아도 될 것인데, 너무 답답하고 속상하다. 어쩌면 일이 꼬여도 이렇게 꼬일까? 나는 마음속으로 "남편이 나와 정을 떼려고 이러나?" 하는 생각까지 들었다. 그래도 힘내자. 그래야 남편을 끝까지 케어 할 수 있지.

아들을 직장으로 다시 보내고, 나는 다시 힘을 내어 몇 번이나 되뇌었다.

"아내는 강하다. 아자 아자, 파이팅! 나는 정창웅의 아내 배윤주다!"

간병사와 밤교대를 했다. 솔직히, 이런 날은 내가 밤에도 케어를 해야 하는 게 마땅하다.

하지만 나는 더 이상 버틸 힘이 없어 집으로 가기로 결정했다.

주치의와 간호실에 다시 한 번 케어를 잘 해 달라고 부탁하고 병실을 나왔다. 벌써 20일째 이렇게 병상을 지키느라 온몸이 지쳐 있다.

사우나로 향했다. 마침 차를 세워둔 곳과 가까이에 밤늦게 운영하는 사우나가 있어서 다행이었다. 거의 한 달 만에 사우나에서 몸을 풀고 집으로 왔다. 아들이 먼저 귀가해 있었다.

정말 오늘은 너무도 길고 악몽 같은 하루였다. 잠자리에 들어도 낮의 일들이 다시 떠올라 잠을 쉽게 이루지 못했다.

11월 9일(금)

원래 퇴원하려고 했던 날이었지만 기약이 없다. 살얼음을 밟는 매일 매일이다. 이제 산소 수치, 혈압, 체온도 안정을 찾아가고 있었고, 주치의가 회진을 와서 설명하며 사과를 했다.

"오늘부터 주말까지 지켜보고, 컨디션이 좋아지면 월요일쯤, 다른 방법으로 배에 피딩 줄을 꽂는 시술을 할 겁니다. 정말 이런 상황까지 오게 되어 죄송합니다. 최선을 다하겠습니다."

2층 원무팀에서 전화가 왔다.

"방사선과에서 치료비 감면을 해 주겠다고 합니다."

나는 더 이상 상대방의 말도 듣지 않고 버럭 화를 냈다.

"아니, 내가 치료비 몇 푼을 감면 받으려고 이러는 줄 아세요? 어제 제가 받은 정신적 피해와 내 남편의 신체적 피해는 어쩔 건데요?"

그리고 어제 오후 내시경실에서의 쇼크 상황을 설명해 주면서 더 이상 당신과 얘기하고 싶지 않으니 윗선으로 전달하라고 전화를 끊었다.

어제 오후 상황은 내 남편이 수면제 쇼크를 일으킨 거라고 남편의 잘못으로 돌리고 있었다. 왜 시술을 2번이나 하게 되었는데, 누구 때문인데, 정말 화가 더 났다. 의료분쟁 상담자라는 사람이 보호자의 속을 더 뒤집어 놓고 있다니.

다시 전화가 왔다. 어쨌든 다음 월요일 시술을 다시 하고 나서 이야기를 하자고, 그리고 자신은 더 이상 협상을 못하니 자신의 상사가 내게 전화를 할 것이라고 했다.

점심때가 지나자, 오전에 왔던 우리 병실 수간호사와 위내시경센터 수간호사가 내게 또 사과하러 왔다. 병원 전체의 의료사고라 아마도 걱정이 되긴 하나보다.

그래도 오늘 남편의 컨디션은 매우 좋아졌다. 산소 줄도 떼고 심전도도 떼고 이제 링거만 맞고 있다. 낮 시간에 잠도 자지 않고 나와 마주보며 제법 오래 앉아 있다. 오후에 또 주치의가 다녀갔다. 간병협회에 다시 전화해서 오늘부터 닷새 동안 밤 간병인을 부탁했다.

월요일부터 중국으로 2주간 출장을 간다면서 큰아들로부터 전화가 왔다. 그래서 그간의 일을 대충 설명해 주고 아빠 걱정 말고 잘 다녀오라고 했다. 그 사이에 무슨 일이 없어야 할 텐데….

11월 10(토)

아들에게 간병을 부탁하고 조금 쉬고 싶었지만 곤히 잠든 아들을 깨울 수가 없다. 함께 살고 있는 작은 아들은 직장생활을 하면서 수시로 병원에 불려 다니고, 퇴근한 뒤에도 병원을 오가느라 힘들었을 것이다.

휴일이어서 늦잠이라도 자도록 해 주고 싶었다. 나는 혼자서 아침을 먹고 병원으로 향했다.

담당 교수와 주치의가 회진을 왔다. 교수는 사고가 나기 전 남편을 본 뒤로 오늘이 처음이다. 서울 학회에서 의료사고 소식에 대해 들었다면서 월요일쯤 소화기내과와 협의해 다시 시술할 예정이라고 했다.

병원에 입원한 지도 벌써 20일이 지나고 있었다. 혹시 욕창이라도 생기지 않을까 걱정돼 남편을 앉혀 놓고 등을 두드리고 마사지를 해 주었고, 11시가 넘어서야 아들이 왔고, 12시쯤 언니가 점심을 해 와서 함께 먹었다.

남편은 20일째 물 한 모금 입에 대지 못하고 있는데, 나는 이렇게 음식을 입에 넣고 씹는다.

음식의 감칠맛을 느끼는 혀가 새삼스럽게 간사스럽고 죄스럽
지만, 남편은 밥을 먹고 있는 나를 보면서도 식욕을 느끼지 못한
다. 먹는 것 자체를 잊어버린 것 같았다.

나는 언니와 함께 병원을 나와 우리 동네 염색 방으로 갔다. 추
석 전에 하고는 그대로 두었더니 이제는 거의 백발인데, 거울에
비친 내 모습을 보니 더 속상하고 우울해지곤 했었다.

다시 병원으로 돌아와 아들을 집으로 보내고 다시 남편을 괴
롭힌다. 일으켜 앉혀 이곳저곳을 두드리고 주무른다. 그래도 싫
다고 하지 않는 걸 보면 기분이 괜찮은가 보다.

11월 12일(월)

단풍으로 물든 가로수 길을 달려 병원으로 향한다. 올해는 단
풍구경이 아니라 병원으로 가는 길에서 가을을 느끼고 있다. 그
래도 나는 예쁜 단풍을 보며 깊어가는 계절을 느끼고 있건만 병
원에 누워 있는 남편은 이미 시간을 잊었다. 공연히 마음이 찌
르르 아프다.

백팩에 도시락을 담고, 한손엔 기저귀가방을 들고 지상철을
탔더니 월요일이서 제법 붐빈다. 점심시간 무렵 동생이 김장을

해서 가지고 왔는데, 나는 살림을 잊은 지 이미 오래였고, 동생들 덕분에 밥만 해서 먹으며 살고 있었다.

4시경 위내시경실에서 발룬 타입balloon type 시술로 위에 피딩 줄을 새로 달 것이라고 했다. 이제는 혼자서 지켜보는 게 두려워 아들을 병원으로 불렀다.

담당 교수가 직접 시술을 한다고 해서 조금 안심이 되었고, 20분 만에 무사히 끝났고, 그제야 안도의 숨을 쉬며 감사했다.

발룬 타입으로 시술한 피딩 줄은 수명이 6~12개월이며, 풍선에서 바람이 빠지면 새로 교체를 해야 하는 번거로움이 있다. 주입구 색깔이 변하거나, 피딩이 잘 안 되거나, 새면 갈아줘야 하는 신호라는 설명을 들었다.

시술을 한 후에 엑스레이를 찍었는데, 시술은 잘 되었지만 위에 공기가 조금 차 있어서 오늘은 그냥 링거로 지내고 내일 아침 일찍 다시 엑스레이를 찍어 괜찮으면 오후부터 경관식을 피딩하자고 한다.

11월 13일(화)

여전히 새벽을 가르며 지상철 역으로 향한다. 며칠 사이에 가로수가 노랗게 물들어 반짝이더니 이제는 빛을 잃고 있다. 앞산을 예쁘게 꾸미고 있던 울긋불긋한 단풍도 이제 색을 잃고 있다. 병원으로 가는 동안이나마 단풍으로 물든 가을을 즐길 수 있음에 감사했는데… 내년 가을이 오면 남편과 함께 예쁜 단풍을 보며 다시 산책을 할 수 있을까?

밤새 별 일 없이 잘 보냈다는 간병사의 말이 다행스럽고 고맙다. 아침에 만삭의 몸으로 숨을 헐떡이며 주치의 선생님이 병상을 찾아왔다. 무거운 몸으로 매일 서너 번씩 병상을 찾아 환자를 봐 주는 주치의 선생님을 보면서 새삼 고마운 마음이었다.

주치의 선생님은 별일이 없으면 엑스레이를 찍어 결과를 보고 물부터 시작해 다시 피딩을 하자고 했는데, 가래가 좀 많고 콜록콜록 잔기침을 자주하는 남편을 보면서 조금 불안한 마음이다. 체온은 36.8도~37.2로 미열이 있다.

점심시간이 다 되어 갈 즈음까지 의료팀으로부터 연락이 오지 않아 내가 먼저 전화를 했다. 그렇지 않아도 연락을 하려고 했다면서 담당 팀장이 바로 병실로 내려왔다. 사고가 일어난 이후의 의료비에 대해서는 병원에서 책임을 지겠다며 협상안을 제시한다. 나는 말도 안 되는 소리라고 말을 막았다. 치료비 전액을 못 낸다고. 그리고 퇴원이 두 번이나 늦어지게 된 데 대한 보상과 간병비도 받아야겠다고 주장했다. 그는 거부했고, 나도 동의할 수 없다고 잘라 말했다.

병실로 돌아오니 남편은 아직도 자고 있었다. 깨워서 섹션을 하고 처음으로 뱃줄을 통해 물을 100cc 피딩 했다. 제발 아무 일이 없기만 바랄 뿐이다.

저녁은 재시술 후 처음 경관식을 50cc 피딩 했다. 그리고 오후 회진 때 주치의가 별 일이 없으면 내일은 양을 좀 늘리고, 지켜보다가 잘 되면 모레 목요일쯤 퇴원을 생각해보자고 했다.

목요일이 적당할 것 같았다. 그래야 요양병원에서 주말이 되기 전 하루 이틀이라도 의료진들이 지켜볼 수 있을 테니까.

저녁때 작은 아들이 여자 친구와 함께 신부님을 모시고 병원으로 왔다. 병자성사를 해 주시기 위해서였다 신부님이 병자성사를 해 주시는 동안 남편은 깨어 있었다. 거의 20년 동안이나 성당에 나가지 않았던 터라 나도 신부님께 따로 고백성사를 했다. 조상굿도 하고, 갓바위에 가서 기도했던 것들을 고해하고 용서를 구했다. 아니 그뿐 아니라 얼마나 많은 죄를 짓고 살았을까? 나는 주님을 배반하고 떠나 있었다. 진심으로 회개하고 보속해야겠다.

11월 14일(수)

지난밤 혈압이 너무 낮아 피검사, 소변검사 등 기본적인 검사와 함께 알부민을 맞았다고 한다. 열흘이 넘게 링거만 맞으며 버티다 보니 탈수상태로 혈압이 떨어지고, 열흘 만에 경관식을 주면서 전해질이 모두 장으로 모여들어 다른 장기들에 비상이 걸린 상황이었지만 이젠 혈압도 정상을 찾았다고 해서 조금 마음을 놓았다.

그런데 또 주치의가 병실로 내려 왔다. 다시 심전도 검사와 피검사를 할 것이며 양을 줄여 피딩을 하고 대신 횟수를 늘릴 예정이라고 했다. 의사가 판단하는 대로 하는 수밖에 다른 수는 없다.

병원에 있으면서 혈액검사가 제일 두렵다. 하도 여러 번 피를 뽑아서 이제는 뽑을 피도 남아 있지 않은 것 같다. 재생이 된다고는 하지만 식사를 못해 영양소도 부족할 텐데 몸이 피를 제대로 만들어낼 수나 있을지 모르겠다.

옆에 입원했던 할아버지도 한 달 만에 퇴원을 하시면서 퇴원 직전 수혈을 했었다. 거의 한 달 동안 입원해 있었는데 하필이면 퇴원을 하는 날 수혈을 받다니… 황당하기까지 했다. 앰뷸런스를 대기시켜 놓은 상태에서 수혈을 받는 걸 보고는 이해하기가 어려웠다.

남편은 컨디션이 좋지 않은 상태라면서 조금 지켜봐야 할 필요가 있다고 한다. 이번 주 퇴원도 물 건너가는 걸까? 이젠 내가 버텨내기 힘들 것 같다. 이게 모두 의료사고가 불러온 후유증이다. 생각할수록 화가 치밀어 올랐지만 남편은 아무것도 모르고 오히려 하루 종일 웃으며 나를 위로하는 것 같다.

11월 15일(수)

간밤에 설사를 많이 해서 냄새 때문에 같은 병실 사람들이 불편했을 거라며 간병인이 전한다. 겨울이라 병실 문을 꼭 닫아놓는데다 7명의 환자에다 보호자가 기본 7명이니 병실은 그렇지 않아도 늘 공기가 탁하고 음식물 냄새가 떠돈다. 그러니 다른 사람들이 얼마나 괴로웠을 것인지 짐작할 만했다.

거의 한 달 만에 경관식을 주었으니 제대로 소화를 하지 못해 설사를 하고 냄새도 심했던 것 같다.

허브향수를 뿌려 냄새를 지우고는 소화기내과에서 드레싱을 하고 갔다. 배에 줄을 꽂고 있는 한 매일 아니면 이틀에 한 번은 드레싱도 해야 한다니….

오늘은 피딩 양을 조금 늘렸다. 하루 6회 총 500cc다. 변도 잘 보고 컨디션도 아주 좋아졌다. 얼굴을 쳐다보며 "사랑해, 사랑해"라고 말해 주면 웃으며 고개를 끄덕이기만 한다.

주치의가 오후에 다녀가면서 이제 토요일쯤 퇴원을 해도 되겠다고 했다.

하지만 의료팀과 협상이 되지 않아 퇴원이 가능할지는 모르겠다. 병실에서 살짝 잠들었는데 누군가 깨웠다. 의료팀장이다.

그는 새로운 안을 제시했다. 사고 이후의 진료비는 모두 병원에서 부담하고 사고 이전의 진료비에 대해서는 반 정도 감면해 주겠다고 제시했다. 다행히 남편의 상태가 좋아지고 있으니, 기대치에는 미치지 못하나 무작정 우길 수 있는 사항도 아닌 것 같아 일단 아들과 상의해보겠다고 해서 돌려보냈다.

아이들은 그냥 받아들이자고 했다. 어차피 앞으로도 이 병원에서 진료를 받아야 할 상황이므로 관계를 잘 유지하는 게 낫다며 설득한다.

일단 사고 전 치료비는 절반만 우리가 부담하고 사고 이후부터 퇴원할 때까지의 진료비는 병원에서 부담하는 걸로 결정했다. 그래도 두 아들에게 진료비 부담을 줄여줄 수 있어서 다행이다.

어차피 사고는 난 것이고 아마도 아빠가 당신 자식들에게 마지막으로 주는 선물이 아닌가 하는 생각도 들었다. 잘 마무리를 해서 토요일에 퇴원을 했으면 좋겠다. 내일 다시 요양병원에 연락을 해야겠다.

11월 16일(목)

오전 회진 때, 내일 퇴원을 하라고 했다. 더 이상 병원에서 해 줄 것은 없고, 환자도 매우 안정되어 있다고. 하지만 남편은 여전히 의학적으로 거의 마지막 단계에 있으므로 언제 또 위급한 상황이 오게 될지 알 수 없다고 했다.

정말 나로서는 이해가 되지 않는다. 한 달 전까지만 해도 주말마다 친구들과 청도 시골집으로 놀러가고, 추석도 건강하게 잘 보냈는데….

어쨌든 요양병원으로 데려가 최선을 다해 체력을 돋워서 꼭 집으로 데려갈 생각이었다.

처음으로 남편을 병실에 혼자 두고 서문시장으로 가서 점심을 먹고 왔더니 큰 시동생이 와 있었다. 내일 퇴원한다고 하니까, 여기서 주말까지 있다가 월요일이나 화요일쯤 퇴원하는 게 어떠냐고 했지만 나는 내일 그냥 퇴원하겠다고 했다. 큰 시동생은 좀 서운한 얼굴이었다.

커튼을 치고 기저귀를 갈아주면서 나도 모르게 흥얼흥얼 노래를 불렀다. 비록 요양병원이긴 하지만 그래도 퇴원을 한다니 조금 마음이 가벼워졌던 것 같다. 일을 끝내고 향수를 뿌린 다음 커튼을 젖히고 나오니 작은 시동생이 와서 물끄러미 바라본다. 남편도 동생을 보더니 맑은 미소를 지었다.

남편 친구 부인도 왔다. 오늘이 두 번째의 병문안이다. 자신도 5년 전에 암으로 남편을 먼저 보낸 아픔을 가지고 있는 사람이었다.

"남편에게 남은 시간이 얼마 되지 않는 것 같으니 잘해 주세요, 저도 남편을 보내고 후회가 많았어요."

그녀의 진심어린 말에서 위로를 받았다. 그녀는 간호사다. 그래서 어느 정도 신뢰가 간다.

오후에는 의료사고를 낸 방사선과 교수들과 기사가 병실로 음료수를 사들고 찾아와 내 손을 잡으며, 고개를 숙여 진심을 담아 사과를 했다. 이렇게라도 사과를 받게 되니 어쩔 수 없다. 받아들일 수밖에. 그래 이제 털어버리자.

11월 17일(토)

퇴원을 하는 날이다. 입원한 지 어느덧 28일이나 지났다. 요양원에서는 아무도 오지 않았고 전화 한 통화도 없다.

원장이라는 사람이 이래도 되는 건가? 정말 자격미달인 사람이라는 생각이 들었다. 병원에서 28일분 약을 처방받고, 요양병원에 있더라도 위급한 상황이 일어나면 전화로 상담을 하거나, 바로 위내시경실이나 수술실로 입원할 수 있도록 배려해 주겠다고 한다.

남편은 요양병원 집중치료실이 배정되었다. 이름은 거창하지만 그냥 산소 보조기와 석션이 가능한 침상을 갖춘 병실이다. 간호실이 바로 병실 옆에 있어서 조금 안심이 된다. 간병인은 두 분이었는데, 조선족 부부로 보였다. 병실 한쪽에 있는 침상에 대기하고 있어서 밀착 간병이 가능해 보였다.

이제 새로운 날들이 시작되었다. 하루빨리 잘 적응하고 체력을 회복할 수 있도록 매일 병원으로 와서 운동을 시켜야겠다는 생각을 했다. 그리고 조금 상황이 나아지면 집으로 데려가 케어할 생각이었다.

남편을 집으로 데려와 마지막 날까지 함께 시간을 보내는 게 내가 가진 마지막 바람이다. 비록 말을 할 수는 없지만 남편 또한 그렇게 해 주길 바랄 것이다.

다시 응급실로

11월 24일(토)

요양병원으로 온 지 일주일이 지났다. 얼굴은 좀 편해진 것 같은데 대학병원 있을 때보다 활기가 없다. 낮에는 항상 내가 남편 곁에 있으면서 간병을 했는데 이곳에서는 매일, 잠깐 동안 침상 옆에 앉아서 지켜보는 것밖에는 할 수 없다. 그래도 손을 잡고 쓰다듬으며 "여보, 사랑해, 사랑해!"라는 말을 반복한다. 그러면 남편은 고개를 끄덕이며 빙그레 웃어준다. 돌아서서 오는 길은 눈물이 앞을 가린다. 가슴이 얼마나 아픈지….

토요일, 큰아들이 해외출장을 마치고 대구로 내려왔다. 두 아들과 함께 요양병원으로 갔더니 남편이 우리를 보며 환하게 미소를 짓는다.

열이 좀 있는 것 같아서 간호사에게 이야기했더니 아이스 팩을 몇 개 얹어 주었는데, 자꾸 잠만 자는 게 불안했다. 한 시간쯤 지켜보다가 내일 다시 오겠다며 인사하고 병실을 나왔다.

오랜만에 저녁시간을 집에서 보내고 있을 때, 9시쯤 갑자기 전화벨이 울렸다. 갑자기 혈압이 떨어져 의식이 없고, 호흡이 곤란해 동산병원으로 이송했다고 한다.

나는 정신없이 외투만 걸치고 차를 몰고 동산병원을 향해 달렸다. 먼저 응급실에 도착해 있던 남편은 상황이 좋지 않았다.

응급실 의사가 위중한 상황이므로 인공호흡기를 달 것인지를 결정하라고 다그쳤다.

나는 잠시만 시간을 달라고 하고는 고모와 시동생에게 전화를 했다. 두 아들이 먼저 왔다. 나와 아이들은 연명치료를 하지 않는 것으로 결정했다. 그러자 의사가 "그렇다면 왜 응급실에 왔느냐?"고 되물었다. 나는 기가 찼다. "환자가 위급한 상태가 되면 당연히 응급실로 오는 거 아닌가요?" 일단 의사의 말에 반박을 하면서도 심폐소생술과 인공호흡기를 달지는 않겠지만 그 외에 할 수 있는 치료는 모두 해달라고 부탁했다. 의사가 나를 보면서 말했다.

"항생제를 쓰는 것 이외에는 다른 방법이 없고, 사실 인공호흡기를 달더라도 며칠 가지 못할 겁니다. 오늘밤이 고비입니다."

다시 피검사, 소변검사, 바이러스검사 등 치료는 원점으로 돌아갔다. 토요일 밤이라서 지난번에 치료를 맡았던 호흡기내과 담당교수도, 주치의도 만날 수가 없는 상황이었다.

얼마나 시간이 흘렀을까? 응급의학과 담당의사가 나를 불렀다. 그리고 남편이 지난번에 입원했을 당시 MRI 사진과 CT 사진을 보여주면서 말했다.

"남편분 머리에는 이미 물이 차 있는 상태이고, 치매 말기인 상태라서 언제 어떻게 될지 모릅니다. 이번에는 폐혈증이며 연명치료는 의미가 없습니다."

그의 말투는 친절했고 설명은 자세했지만 대신 나는 충격을 받았다. 그런 상태인데도 남편은 아무것도 모른 채 나를 볼 때마다 웃어주고, "사랑해!"라는 말에 고개를 끄덕이며 행복한 표정을 지었던 것이다.

11월 25일(일)

어제 밤이 고비라고 했는데, 밤새 아무런 연락이 없는걸 보니 고비는 넘긴 모양이었다. 아침에 일어나 대충 집안을 정리하고 병원으로 가서 기저귀를 확인해 보니 또 변을 많이 봤다. 아이들은 아직도 기저귀를 갈아주지는 못한다. 잠시 와서 지켜볼 뿐이다.

큰 아이는 어제 응급실에서 아빠와 하룻밤을 함께했다. 옆 침대 보호자가 밤새 한숨도 자지 않고 아빠를 주무르고 쓰다듬으며 간호했다고 칭찬한다.

오후, 아이들은 다시 각자의 생활로 돌아가고 나는 응급실에서 다시 남편을 간병하고 있다. 옆 침상에서는 벌써 세 명이나 운명을 달리했다. 내 마음도 불안해지기 시작했다. 응급실의 시간은 왜 이리도 더디게 가는지… 저녁이 되었다.

시동생이 죽을 사서 가져 왔지만 밥을 먹을 상황이 아니었다. 조금 있다가 여행을 갔던 시누이 내외가 왔다. 의사인 고모부가 남편의 상태를 보더니, 빨리 장모님께 상황을 알리고 마지막으로 아들을 보도록 해야 한다면서 어머님을 모시고 다시 응급실로 왔다.

어머님은 병상에 누워 있는 아들을 보시더니 울부짖었다.

"아이고, 아이고 네가 와 이카노?"

얼마 전 추석에 보았을 때도 멀쩡하게 차례도 같이 지내고, 밥도 잘 먹고 5일 동안 함께 잘 지냈는데 갑자기 이런 모습으로 누워 있는 아들을 보시곤 충격이 크신 모양이었다. 어머님은 아들의 얼굴을 쓰다듬고 우시다가 억지로 이끌려 나가셨고, 아들은 그냥 아무런 표정이 없었다.

그래도 밤이 깊어가면서 남편은 조금씩 안정을 찾기 시작했다.

11월 26일(월)

별일 없이 아침이 되었다. 미열이 조금 있을 뿐 혈압도, 산소 포화도도 좋다. 응급실 의사가 오전에 요양병원으로 퇴원을 하라고 했다.

사실은 불안해서 소화기내과에 며칠 더 입원을 하려고 했는데, 오늘 입원할 환자가 220명이나 돼 병실이 없으니 무작정 응급실에서 기다릴 수도 없다. 지금은 항생제 치료밖에는 할 것이 없으므로 요양병원에 가서 치료를 하라는 것이다. 그리고 혹 위급한 상황이 오더라도 인공호흡기를 달 생각이 없다면, 그냥 요양병원에서 치료하라는 통보였다. 오가는 도중에도 사망할 수 있고 특별히 해 줄게 없으므로 괜히 환자를 고생시키지 말라는 것이다.

나는 다시 한 번 절망감에 빠져 펑펑 울었다.

"이럴 수는, 이럴 수는 없어."

시동생과 제부가 와서 내가 수속할 동안 남편을 보살폈다. 남편은 여전히 동생과 제부를 보고 천사 같은 미소를 지었다. 그러나 미열이 있는 게 좀 불안했다. 11시 30분 요양병원에서 구급차가 와서 또 구급차를 타고 요양병원으로 갔다. 입원수속을 다시 하고 원래 있던 집중치료실로 데리고 가 산소보조기를 하고 응급실에서 맞던 링거를 계속 투여했다. 우두커니 지켜보는 것 외에는 아무것도 해 줄 수가 없다.

병원장을 만나 이제 더 이상 응급실로 올 필요가 없다는 의사의 말을 전하자 그는 두 손을 잡아주며 잘 보살펴 주겠다고 한다. 정말 이럴 수밖에 없는 나 자신이 너무 싫다. 어쩌다 이런 지경까지 오게 된 걸까? 어디서부터 잘못된 것일까? 정말 요양원에만 보내지 않았더라면 이렇게까지 빨리 병세가 악화되지 않았을지도 모른다는 자괴감에 너무나도 마음이 아프고 괴롭다.

남편은 얼마를 더 버텨 줄까? 처음엔 73세에 돌아가신 시아버님만큼만 살아줬으면 했다. 그러다가 다시 칠순까지만, 올해까지만 하다가 다시 아버님 제사까지만, 이젠 이달 말까지 만이라도….

낙엽 따라 가버린 사람

11월 27일(화)

이 생각 저 생각으로 뒤척이다가 늦게 잠이 들었나보다. 잠결에 휴대폰 벨이 울렸다. 역시나 남편이 있는 병원에서였다.

"지금 위독해요. 빨리 오세요. 어쩌면 어머님이 도착하시기 전에 임종하실 수도 있어요."

전화기 너머에서 말이 뚝 끊겼다. 나는 검은색 코트를 걸치고 차를 몰아 병원으로 달렸다. 새벽 5시가 조금 넘어 있었다.

남편은 이미 임종해서 옆방에 모셔져 있었다. 남편을 본 나는 너무나도 한스러워서 눈물이 터져 나왔고 엉엉 울었다.

"조금만 더 기다려 주지, 왜 이렇게 혼자 갔어요. 나는 어떻게 하라고."

한참을 울다보니 가족들이 모두 와 있었다. 두 아들은 아직 오지 못했다. 둘 다 응급실에서 아빠를 보고는 객지로 나가 있었다.

"오빠가 언니 좀 쉬라고 그렇게 조용히 갔나 보다, 언니는 오빠하고 한 달이나 같이 병원에서 지냈는데 임종을 안 보면 어때? 고통 없이 조용히 잘 가셨다니 됐잖아."

이렇게 갈 것을 한 달 간 그렇게도 고생을 했구나. 그동안의 일들이 주마등처럼 빠른 속도로 뇌리를 스쳐갔다.

부도가 난 뒤 혼자 가족을 떠나 있는 동안 얼마나 외롭고 힘들었을까?

자존심이 강해서 겉으로는 아무렇지도 않은 듯 웃고 지냈지만 그 속이 어땠을까? 그래서 재기하려고 그렇게도 노력했건만 마음대로 되지도 않고, 결국은 이런 몹쓸 병에 걸려 죽게 되었구나. 너무도 빨리 찾아온 이별에 나는 또 남편에게 입을 맞추며 목을 놓고 엉엉 울었다.

"그래, 여보! 그동안 너무도 고생했어. 이제 천국에 가서 잘 살아요. 안녕! 내 사랑! 영원히 사랑해! 그리고 미안해!"

남편은 11월을 다 채우지 못하고, 낙엽 따라 가버리고 말았다. 그런 남편의 얼굴은 너무나도 평온했다.

세 살배기 남편
그래도 사랑해

지은이 배윤주
발행일 1쇄 2019년 7월 27일
        2쇄 2019년 9월 19일
펴낸이 양근모
발행처 **도서출판 청년정신** ◆ **등록** 1997년 12월 26일 제 10—1531호
주   소 경기도 파주시 문발로 115, 세종출판벤처타운 408호
전   화 031)955—4923 ◆ **팩스** 031)955—4928
이메일 pricker@empas.com